二見サラ文庫

織姫の結婚
～染殿草紙～

岡本千紘

| Illustration |

藤ヶ咲

C O N T E N T S

| 5 | 織姫の結婚～染殿草紙～

| 175 | 檳榔子黒の表着

本作品は『落窪物語』を底本としたフィクションです。
実在の人物、団体、事件などにはいっさい関係ありません。

織姫の結婚

〜染殿草紙〜

一　青摺の衣

遠くの里から鶯《うぐいす》の声が聞こえてくる。三月《やよい》の京は、天から淡黄色の紗《しゃ》を下ろしたように、ふんわりとあたたかな色で覆われていた。

三条藤大納言《とうのだいなごん》邸。広々とした庭は美しく整えられ、晩春の今は八重桜が今を盛りと咲き乱れている——はずだけれど、ここからその姿は見えない。

ここ、北西の対は、元々わたしの祖母が出家したのち、持仏堂代わりに晩年を過ごしていた場所だ。俗世である母屋《おもや》や東の対からは遠く離れ、南庭からも立蔀《たてじとみ》で隔たれている。生前、母が布帛《ふはく》を染めるための染殿として使っていた頃は、もうちょっと活気があったのだけど、その母も亡き今となっては、「染殿の対」の名だけ残して、静けさを取り戻していた。

「いいお天気ねぇ」

空高くさえずる雲雀《ひばり》を見上げる。乳姉妹《ちきょうだい》のあかねも縫いものの手を止めて、わたしの視線の先を追った。

「本当に」

　日は高く、風はあたたかく、小鳥たちは春を歌い、萌《も》え出《い》でたばかりの沙羅双樹《さらそうじゅ》の芽は眩《まぶ》しく輝いている。ありふれた日常の、それなりに満ち足りた光景だ。

「眠くなってしまうわね。気持ちよすぎて」

ばふんと、縫いかけの布の上に突っ伏した。

まっさらな麻布のさらさらとした感触。気持ちいい。真新しい布って、どうしてこんなに気持ちいいのかしら。

乾いてあたたかい干し草のような匂いが鼻をくすぐった。麻が刈り取られて、裂かれて、糸になり、織られて、こうして布になるまで、手間も時間もかかっている。なのに、まだ植物の匂いがするのだ。

この匂いが、わたしは好きだった。毎年、春のあたたかい日に麻布を縫っているところの匂いがして、「ああ、夏が来る」ってわくわくする。

「姫様」

蘇芳《すおう》が眉をひそめてたしなめた。はいはい、わかってます。

「針は危ないから、持ったままふざけない、でしょ」

体を起こし、止まっていた手を再び動かす。細い縫い針が陽光をはじいてきらりと光った。

当たり前だけど、針は刺さると確かに痛い。今ではもうそんな失敗はしないけど、幼い頃から何度も何度も、数えきれないほど指を刺してきたから知っている。細くて小さいから、うっかり落とすと見失うし、そうなったら見つかるまで、皆で床に這《は》いつくばって探さなくてはならない。その間、針仕事は滞り、仕立て上がりは遅れ、わたしはお継母様《かあ》にお叱りを受ける——という結末まで目に見えている。ので、まじめにやろうとは思うんだけど、なにしろ気候が良すぎるのだった。春って、きっと、一年で一番眠くなるときなのよ。詩にも「春眠不覚暁」ってあるものね。

そよ風が運んできた花びらが針先に落ちた。再び手が止まってしまう。拾い上げると、まだほんのりとあたたかく湿っていた。

生絹《すずし》のように透きとおる白に、筆でふわっと一撫《ひとな》でしたような薄紅色。自然の色って、本当に素敵だ。

「ふしぎなものね。『桜色に衣は深く染めて着む』とはいうけど、たとえこの花びらで染めたとしても、この桜の色には染まらないんでしょう？」

桜色に衣は深く染めて着む　花の散りなむ後《のち》の形見に——『古今和歌集《こきんわかしゅう》』の春の歌だ。

「桜の花がすっかり散ってしまった後にも思い出したいから、せめてそのよすがとして、服を桜色に染めて着たいと思う」。

歌に詠み込まれた気持ちはとってもよく理解できる。「桜の花が一年中ずっと咲いていてくれたらいいのに」って、たぶん、この京に住む人なら皆、毎年春に一度は考えているだろう。ついでに、この時期の気候がずっと続いてくれたら最高なのにって。

でも、その「桜色」は、桜の花を使っては染められないのだった。

和歌を詠んだ紀有朋卿《きのありともきよう》は、そのことをご存じだったのか……知っていて、「それはそれ、これはこれ」って詠んだのかな。そういう可能性もあるわね。

わたしの言葉に、向かいに座って縫いものをしていたしのぶが手を止めた。一足早く咲いた卯《う》の花のように真っ白な髪の下、目元の皺《しわ》を深めてうなずく。

「おっしゃるとおりでございます。ちなみに、何を染草として用いたら絹をあの桜色に染められるか、覚えておいでですか?」

突然の質問に、どきっとした。

「そうね……茜《あかね》か、末摘花《すえつむはな》か、蘇芳かしら」

茜は蔓草《つるくさ》の一種で、名のとおり赤い根を煮出して赤色を染める染草とする。末摘花は夏に咲くとげとげした黄色の花で、花びらを摘んで赤や黄色の染料を作る。蘇芳は唐渡来の染料で、木の芯を細かく削ったものを煮出して紫味をおびた赤を染める。どれも桜とは似ても似つかない色かたちだけれど、薄く染めれば桜に近い色になるはずだ。

わたしの答えに、しのぶは満足げにうなずいてくれた。

「そうですね。茜か末摘花がよろしいでしょう」

正解をもらえて、ほっとする。間違えても叱られることはないけれど、先生の前ではいい生徒でいたいものだ。

古来、日本では、草木から色を煮出して布帛を染めるのは女の仕事とされてきた。けれども、皆が皆、習えばうまく染められるというものでもない。染草を煮て色を引き出し、灰や泥などの混ぜ物をして、もっとも美しく発色した瞬間を布や糸に留め置く——そのためには、知識や経験だけでなく、天性の勘も必要だ。

しのぶは、わたしが知るかぎり、誰よりもすぐれた染色の才をもっていた。彼女の手にかかれば、どんな布帛も思いのままに染め上げられる。彼女は、わたしにとって最高の染色の師だ。

彼女が染め出す赤色を思い浮かべながら言った。

「今日みたいな春の光を表すなら、末摘花のほうがいいかもしれないわね。混ぜる灰の量を少し減らして、ほんのり黄色味をおびた色に染めるの」

「あたたかみのある、よいお色に染まるでしょう」

「いいわねぇ、桜色染。次は年が明ける前に染めましょうか」

話しながら、糸くずを置いていた裁縫箱の蓋に、花びらを置いた。黒塗りの蓋に、色とりどりの糸くずと、うっすらと透ける薄紅色。ぱっと目にあざやかで美しい。

こういう黒を基調としたお色目の合わせ方、わたしたち女性の装束にはあまりないのだけど、どうしてかしらね。黒は喪の色ではあるけれども、やんごとなき殿上の殿方の袍《ほう》も黒なのだから、不吉な色とばかりもいえない。蘇芳みたいに涼やかな顔立ちの女性や、品格ある女性が、こういう黒の表着《うわぎ》を着ていたら、きりっと格好よく似合うと思うんだけどな……。

つらつら考えながら、「今年の春ももうすぐ終わりね」と呟《つぶや》いた。蘇芳が嘆かわしげなため息をつく。

「さようでございますとも。もう三月も残すは数日、四月《うづき》に入れば賀茂祭《かものまつり》まで半月もございません。ですから、わたくしたちもこうして祭の装束を急ぎ縫わなくてはならないわけで……」

そこまで言って、またため息。

口を動かしながらも、蘇芳の手は止まらない。彼女の手元からは、麻布の端に沿う細かな縫い目が乱れることなく続いている。

縫った人の性格を表すようにまっすぐな、理想的な針目。蘇芳の縫製の腕前は、きっとこの京でも一、二をあらそうに違いない。

しのぶも蘇芳も、今でこそこんなこぢんまりと質素なところに押し込められているけれど、かつては宮仕えの女房だった。雲居の上でわたしの母――「花の宮」と呼ばれた内親王礼子《あやこ》に仕えていたのだ。

母はきよらにお美しい方で、華やかに装うことを好まれた。あまりに気高くお美しいので、実の娘のわたしですら、おそれ多いような近寄りがたさを感じていたのを覚えている。それでも、宮中にいらっしゃった頃にくらべたら、降嫁後は臣籍の身をわきまえ、控えめにしていらっしゃったというのだからわけがわからない。宮中っていったいどんなところなの？

まあ、とにかくそんな母だったので、宮中にいらっしゃった頃は、しのぶや蘇芳をはじめとして、染色や縫製にすぐれた女房を数多く召し抱え、ご自身はもちろんのこと、女房たちにも華麗に装わせていたらしい。礼子内親王の住まいする殿舎は、さながら花咲き乱れる浄土のよう――だから、「花の宮」。

前関白の三男である父に降嫁する際も、母は裁縫上手な女房たちを大勢引き連れてきた。わたしも十歳になるまで母とともに過ごしたので、華やかなりし頃のようすは覚えている。その頃は、母とわたしは東の対に住んでいて、染めものをするときだけ、この染殿の対に来たものだった。

けれども、六年前に母が流行病《はやりやまい》で亡くなると、母を囲んでいた女房たちは一人去り、二人去り……父が昔から関係のあった女性を新しい北の方として迎え入れ、追い出されるかたちでわたしが染殿の対に移ってからは、桜の終わりのように散り散りになって、今残っている女房はしのぶたち三人だけだ。

しのぶは母のさらに母──わたしから見れば祖母にあたる先帝の女御からずっと仕えてくれている女房で、典侍《ないしのすけ》だった時期もあるらしい。亡き祖母とは友のように、母とは母娘のように親しく、わたしにとっては祖母同然だ。蘇芳はわたしの乳母《めのと》で、母亡き今も母代わり。あかねは蘇芳の娘で、わたしの乳姉妹で、親友である。

すっかりこぢんまりとしてしまったわたしの周りだけれど、しのぶと蘇芳の染色や裁縫の腕前は衰えていない。それは、彼女らが仕立てたお召し物で参内なさるお兄様が、「今日は袍の縫い目を褒められた」「今日は袴《はかま》の染めを褒められた」と、折につけ教えてくださるからよくわかる。

ただ、それをよいことに、裁縫が苦手なお継母様は、本来北の方の仕事である裁縫をすべてこちらに丸投げしてくる。お父様、お継母様、お姉様、お兄様、妹の慈子《あつこ》様。お姉様がご結婚なさってからは、そのご夫君である頭弁《とうのべん》様のお召し物まで、すべて染殿の対で作っているのだ。それが蘇芳は不満なのだった。

「今北の方様ときたら、この春の更衣《ころもがえ》もすべてこちらに押し付けたばかりか、滋春《しげはる》様たち祭の舞人の装束も、ご自分たちの祭見物のご衣装までも縫えだなんて……これでは、ただでこき使えるお針子同然ではありませんか」

「まああ、そう怒らないで。いいじゃない。わたし、あなたたちのおかげで、染めものも縫いものも大好きよ」

「それは、わたくしもきらいではございませんけれども……」

「恋敵の産んだ血のつながらない娘を、追い出しもせず、飢えさせもせず、こうして置いてくださっているのだから、あまり恨むのはよしましょうよ。お母様のご遺言でしょ。『恨まず、羨《うらや》まず、手の中の幸せを大切にして生きること』」

するとと、蘇芳は「姫様」と余計にかなしげな顔になってしまった。

「心得ております。宮様のご遺言は、確かにわたくしも一緒にうけたまわりました。けれども、今の扱いは承服できるものではございません。姫様はかしこき御あたりにつながる尊いお血筋。それを、今北の方様も、大納言様もお忘れになっていらっしゃるんじゃないでしょうか。確かに置いてくださってはいますけれど、うら若き年頃の姫様を、こんな人も寄りつかない染殿に押し込めて」

「お母様をしのんで過ごすには、これ以上ない場所じゃない」

「姫様には新しい布一枚くださらず、お召し物といえば、今北の方様やご姉妹君のお古ばかり」

「お継母様たち、すぐお飽きになるんだから、ちょうどいいわよ。お下がりっていってもまだまだきれいなものばかりでしょう。染め直したり、仕立て直したりしていくらでも着られるのだし、そういう工夫も楽しいわ」

「姫様はいつもそうおっしゃいますが……」

「それに、自分が着飾るのももちろんいいけど、わたし、どちらかというと自分が作った衣装で他の人が素敵に装うのを見るほうが好きなのよね。人って顔立ちでどうしても似合う似合わないはあるものだし、他の人のほうがわたしよりじょうずに着こなしてくださることもあるでしょ。第一、自分で着てしまったら、どんなようすか見えないし」

「姫様」と、蘇芳がさえぎった。

「だとしても、縫いものは本来、わたくしたちのような下々の人間の仕事です。姫様のようにやんごとなき御方は布を裁ち、ご指示くだされぱいいのです。宮様もそうなさっていらっしゃったでしょう」

「だって、それじゃつまらないんだもの」

不満を訴えてみたが、華麗に無視されてしまった。確かに、蘇芳が言うのが正論なのだけど。

染色と同じく、布帛を裁ち縫いして装束を仕立てるのも、女の重要な仕事の一つだ。中でも布帛を裁つのは、女主人にだけ許される特権である。絹はもちろん、麻布も貴重な品だから、家人が俸禄《ほうろく》などで賜った布帛は、すべて女主人の下に集められる。その布をいつ使い、家族の誰の何を仕立てるかを決め、鋏《はさみ》を入れるのは女主人の仕事。その指示で、実際に縫いものをするのは、女房や下女たちの仕事。そう分担が決まっているから、蘇芳はわたしがお継母様にお針子仕事をさせられていると憤る。

でも、今は正しくお継母様が、この家の北の方なのだからしかたがない。お裁縫がものすごーく苦手――というか、おそらくおきらいなお継母様は、縫製だけでなく裁断まわたしたちに丸投げだ。おかげで、わたしは縫いものをする代わりに、家族をわたしの好きに飾り立てる自由も与えられている。だから、蘇芳が言うほど、自分がないがしろにされているとは感じない。今わたしたちが縫っている祭の舞人の青摺《あおずり》の袍や袴なんかは、染めも縫製も特殊だから、伝統にのっとって縫わなければならないけれど、これはこれでめずらしくて興味深いし……。

袍の布を膝の上に広げ直した。極上の麻布は、撫でるとさらさらとしてやわらかい。

「見て。この素朴で自然な風合い。麻なのに全然粗末な感じじゃないのよ。森や山の気配を感じさせて、清浄で神々しい感じさえする……」

生成地に、草の葉の青緑色で浮かび上がるのは、桐《きり》、竹、雉《きじ》の文様だ。

これは先日、しのぶが染めるのを見せてもらった。文様を掘り出した型木を使って糊《のり》付けし、その上から山藍《やまあい》の葉の汁を摺《す》りつけて青く染める。神代から伝わる古い染め方は、今では神事に用いる小忌衣《おみごろも》や、祭の舞人の装束にしか使われない。こういった特殊な衣装を作らせてもらえるって、すばらしい経験だと思う。

「祭の舞人の衣装を縫えるなんて、めったにあることじゃないでしょう。あなたたちのおかげで、わたし、とても楽しいわ」

心からそう言うと、しのぶがにこにことうなずいた。

「祭の舞人のお召し物をご依頼いただけるのは、まことに光栄なことでございます。お父君やお兄君のお召し物の評判が良いからに他なりません。きっとかしこき雲居のあたりでは、『藤大納言家には裁縫じょうずな姫君がいらっしゃる』と、うわさになっていることと思いますよ」

「しのぶがそう言うなら、そうなのかもしれないわね」

面はゆい思いでうなずいた。

蘇芳がまたため息で水を差す。

「そのご評判で、良いご縁があればいいのですけど。姫様ももう十六歳におなりですのに、ご縁談の一つもないなんて……」

出た、「縁談」！

――と、茶化さなかっただけ褒めてほしい。最近、蘇芳は何かといえばその話ばかりで、わたしは少々辟易《へきえき》している。

「わたし、結婚はあまり興味ないのよね」

うっかり本音をもらしたら、「姫様」と強くたしなめられた。切れ長の凜々《りり》しい目が、きっと鋭くわたしを見据える。

「姫様はいつもそうおっしゃいますが、女の盛りは花と同じく一瞬ですのよ。小町《こまち》の歌にも言うではありませんか。『わが身世にふる　ながめせしまに』と」

その歌は、もちろんわたしも知っている。

花の色は移りにけりないたづらに　わが身世にふるながめせしまに――やはり『古今和歌集』に収められた小野小町《おののこまち》の歌だ。「桜の花の色も、わたしの美貌も、むなしく褪《あ》せ衰えてしまった。春の長雨が降っている間に。わたしがあれこれと思い悩んでいるうちに」。

言いたいことはわかるけど、かの小町とわたしを同列に語るのは、さすがにおそれ多くないかしら。なにせあちらは国一番の伝説の美女、こちらは裁縫趣味の引きこもりだ。

「ご縁がないのは、わたしに魅力がないからじゃない？」

言うが早いか、今度はあかねが泣きそうな表情でこちらを見た。

「そんなことはございません！　姫様はとても気高くお美しくていらっしゃるのに、そんなふうにおっしゃらないでくださいませ。ご縁談がないのは、きっと今北の方様がそうなさっていらっしゃるんです。姫様が耀子《てるこ》様や慈子様よりお美しいから嫉妬なさって、意地悪していらっしゃるんですわ」

「そんな……お姉様はおきれいだし、いいご縁があったじゃない。慈子様もおかわいらしい方だと聞くし、わたしに嫉妬する必要なんてどこにもないわよ」

「でも、姫様が一番なのは本当です」

そう言うと、あかねはさめざめと泣きだしてしまった。

困ったな。そんなに嘆き悲しまなければならないほどだろうか。

もちろん、そろそろ散り際ではあっても、まだ花の乙女だから、「いつか素敵な殿方に垣間《かいま》見られて、恋文をいただいて、求婚されることがあるかも……」と、人並みな妄想をまったくしないとは言わない。けれども、たとえ素敵な殿方と理想的な結婚をしたからといって、かならずしも幸せになれるわけではないということは、母やお継母様を見ているだけでも想像はつくのだった。

母は、それこそかしこき御あたりのお血筋とご意向で、摂関家に降嫁した。北の方にはなったけれども、父にはそのずっと前から懇ろになさっている方がいらっしゃって、その関係は、母の降嫁後も途切れることなく続いていたそうだ。そのことは母もご存じで、時折お寂しそうになさっていた。

一方のお継母様は、母の降嫁が決まるよりずっと前から、父とおつきあいなさっていたらしい。お継母様は、右大臣を父に持つ確かなお血筋に生まれ、同じ貴族と結婚するならば北の方になって当たり前の方だった。けれども、内親王である母が父に降嫁したため、長く北の方にはなれなかった。もし母が存命なら、今もまだご実家にお住まいだっただろう。それがお継母様にとってどれほど屈辱だったことか……。

かの紫のゆかりの物語などを読んでもそう。紫《むらさき》の上も、葵《あおい》の方も、六条《ろくじょう》の御方も、光る源氏《げんじ》の君という、これ以上ないほど理想的な男性と結ばれては、恋に苦しみ、結局結婚の幸せに見切りをつけて終わっている。

「思うんだけど、そもそも、結婚して殿方に幸せにしてもらおうって他力本願が間違いなんじゃないかしら？　そうしないと生活が立ちゆかないならともかく、わたしはこうして衣装を作っていれば、この家で暮らしていけるのだし。めったな方と契《ちぎ》りを交わして心をかき乱されるくらいなら、好きなことをして穏やかに暮らしていける今の生活も、そう捨てたものじゃないと思うのだけど」

――恨まず、羨まず、手の中の幸せを大切にして生きること。

母の教えに沿った生き方、考え方だと思うんだけどな。

わたしが言うと、蘇芳は嘆かわしげにため息をつき、あかねはうつむいてしまった。しのぶだけが、変わらずにこにことほほ笑んでいる。

春の午後の明るさに不似合いな沈黙に包まれたとき、渡殿《わたどの》をこちらへ近付いてくる足音が聞こえた。

「どなたかしら」

「姫様、こちらへ」

蘇芳にうながされ、几帳《きちょう》の後ろへすべり込む。

ほぼ同時に、若々しいお声が「謹子《ちかこ》」と呼んだ。お兄様だ。お継母様へのご遠慮もあってか、お父様はめったにこちらへお渡りにならないけれど、お兄様は時折こうしてお顔を見せにいらしてくださる。

「忙しくしているときにすまないね」

御簾《みす》をくぐり、廂《ひさし》の間まで入っていらしたお兄様は、萌黄《もえぎ》の裏地に黄の表地を重ねた、裏山吹《うらやまぶき》の襲《かさね》の狩衣《かりぎぬ》をお召しになっていた。

朗らかな笑顔と、お召し物の明るい色目に、室内がぱっと明るくなる。この狩衣もまた、先日わたしたちが仕立てたものだ。晩春から初夏にかけて咲く、山吹の花のこっくりと深い黄色と、力強く葉を広げる新緑のきらめくような萌黄色。黄色は丁子《ちょうじ》で、萌黄色は藍の上から黄蘗《きはだ》の黄色をかけて染めた。明るく目を引く襲の色目は、若々しく陽気なお兄様にぴったりだ。

「よくいらしてくださいました。裏山吹の狩衣、お召しくださってうれしいです。大変よくお似合いですわ」

「ありがとう。今日は祭の舞の練習のあと、蹴鞠《けまり》を楽しんできたのだが、会う人皆によく似合うと褒められたよ。あなたのおかげで鼻が高い」

蘇芳が差し出す藁座《わろうだ》にお座りになりながら、お兄様はにこにことおっしゃった。狩衣の袂《たもと》から、桜の枝を一本取り出される。

「庭の桜が満開だけれど、この対からは見えないだろう。せめて一枝なりとも見せてさしあげたいと思って」

蘇芳が受け取り、几帳の内へ持ってきてくれた。八重桜だ。鞠のようにぽんぽんと丸い花房が愛らしい。

「まあ、かわいい！　ありがとうございます」

「あなたのそのお声を聞くことができただけでも、今日はいい日だ」

お継母様似の目元をやわらげ、お兄様はやさしくお笑いになった。

それから、少し残念そうに、ぽつりとおっしゃる。

「……ひさしぶりなのに、お顔を見せてはくれないのかな」

うーん……どうしよう。こちらはめったにお客様のない暮らしだし、お兄様はお話じょうずな方なので、お会いできるのはうれしいのだ。ただ、世間的に見て、わたしたちの関係はすごく微妙なのだった。

同じ十六歳で、互いに未婚。「兄」とはいっても腹違いで、同じ屋敷で暮らしていなければ、夫婦にだってなり得る相手だ。兄妹としてならば顔を合わせてお話しするのも不自然ではないのだけれど、万が一お継母様に見つかればお叱りを受ける。

視線で蘇芳をうかがうと、彼女は黙って首を横に振った。やっぱりそうよね。

「ごめんなさい。今日はちょっと風邪《かぜ》っぽくて……。お兄様にうつしては困りますから、ご遠慮させてくださいませ」

なんとかかんとか言い訳すると、お兄様は「そうか、それはいけないね」とうなずいてくださった。

「よく休んで、早くよくなるんだよ。……などと言っても、あなたの仕事を増やしているのはわたしなのだから、申し訳ないのだが……」

そうおっしゃるお兄様は、今、蔵人少将《くろうどのしょうしょう》に任ぜられている。五位の武官で、将来を嘱望される若公達《わかきんだち》定番のお役職だ。

賀茂祭の当日、社頭で東遊《あずまあそび》を奉納する舞人は、例年五位の武官から選ばれていて、今年はお兄様もそのお一人に選ばれた。祭の主役は主上《おかみ》から賀茂《かも》の社《やしろ》に遣わされる近衛《このえ》府《ふ》の勅使だけれど、それに次ぐ若公達の晴れ舞台だ。老いも若きも貴きも賤《ひく》きも関係なく、彼らは京中の女性のあこがれの的である。

わたしたちが、青摺の衣を調製することになったのも、そのご縁だった。東遊は、名のとおり、東国のしらべで歌われる曲で、駿河舞《するがまい》と求子歌《もとめごのうた》に舞を伴う。舞人は片肌を脱ぐので、人目にさらされる下襲《したがさね》などもすべて新調しなくてはならない。結果として針仕事が増えたのは事実だけど、そのことでお兄様を責める気持ちはまったくなかった。

だって、本当に楽しいんだもの。

「お気になさらないでくださいませ。祭の舞人の衣装を縫わせていただけるなんて、光栄なことです。せいいっぱい心をこめてお作りいたしますから、楽しみにお稽古なさってください」

「ありがとう。あなたが作ってくれるなら、きっとすばらしい衣装になると信じているよ」

にっこりお笑いになってうなずいてから、お兄様はふと、物思わしげな視線を東の対のほうへと投げた。

「だが、そのせいで、母上や姉上、慈子までもが、見物だなんだとはしゃいでいるだろう。ますますあなたの仕事を増やしているのではないだろうか」

まあね。そのご心配は、まさに大当たりなのだけれど、お兄様に文句を言ってもしょうがない。

「お兄様の晴れ姿をご覧にいらっしゃるのですから、お継母様たちが張りきるのは当然ですわ。そうでなくても祭見物は楽しみなものでございますし、出車《いだしぐるま》をどうしつらえるかは、貴族の女にとっては最大の関心事ですもの」

賀茂祭は、普段自邸にこもって暮らす貴族の女が、堂々と外出し、物見に興じることのできる貴重な機会だ。当日は、牛車《くるま》の御簾の下から、衣装の裾を外へ打ち出し、その贅沢《ぜいたく》さで家の権勢を、襲の色目の美しさで趣味のよさを誇示する。うちのような摂関家ならば、祭の行列が通る一条大路に桟敷を造り、豪奢《ごうしゃ》な出車を何台も連ねて見物に行くのが当たり前。で、そのようすがまた市井の人々の見物の対象になっていたりする。今年はお兄様が祭の舞人を務めるから、藤大納言家への注目は例年以上だ。お継母様たちが張りきるのも無理はない——とはいっても、いつものごとく、「よろしくやってね」って、全部こちらに丸投げなんだけど。

せっかくお兄様がいらしてくださったのだから、ご相談してみることにした。

「お兄様は、お継母様たちの襲は何がよろしいと思われますか？　賀茂のご祭神のご神紋にちなんで葵の襲が定番ですけど、お若い慈子様にはもう少しおかわいらしい襲のほうがお似合いかもしれないと思って……」

「母上たちは何と言っているのだい？」

「『すべて、もっとも良いようにしつらえなさい』と」

そう言うと、お兄様は「困ったものだね」とため息をついた。

「母上たちは、ちょっとあなたに甘えすぎだ」

「このようなわたしでも、お役に立てるならうれしいことです」

「……あなたは本当に素直でおやさしい」

やんわりと苦笑なさって、申し訳なさそうに視線を落とす。今「家族」と呼ぶ人の中で唯一わたしの気持ちに寄り添ってくださるのが、このお兄様なのだった。

「確かに、あなたがおっしゃるように、慈子にはもう少し愛らしい色目のほうがいいかもしれないね。せっかく裳着《もぎ》をすませて大人になったのだし、今年は慈子が主役でもいいだろう」

「ありがとうございます。それでは、そのようにさせていただきます」

「わたしも楽しみにしているよ」

ほほ笑んでうなずかれてから、お兄様はふと思いついたように、「そうだ」と話題をお変えになった。

「舞の練習もずいぶん進んだんだよ。ご覧」

そうおっしゃってお立ちになり、お持ちになっていた扇で拍子をとりはじめた。「や」と、高く伸びやかなお声で歌い出される。

　や　有渡浜《うどはま》に　駿河なる有渡浜に　打ち寄する波は　七草の妹　言こそ良し
賀茂祭の東遊で舞う二曲のうち、「駿河舞」の曲だ。東国の古いしらべは素朴で明るく、心のふちが震えるようななつかしさがある。

「言こそ良し」と、くりかえし歌ってから、お兄様はふわりと腕を持ち上げた。

この舞は、その昔、駿河国の有渡浜に天下った天女がさずけた舞を模したものだと言われている。飾らない、ゆったりとした舞姿は、雅やかで格調高い。

言こそ良し　七草の妹は　言こそ良し　逢へる時　いささは寝なんや
七草の妹　言こそ良し

駿河国の有渡浜に打ち寄せる波が幾重にも重なっているように、あなたもまたさまざまにうれしいことを重ねておっしゃる。お逢いできるときが来ましたら、是非あなたがおっしゃるように、枕をともにいたしましょう――。

歌の内容は、純朴な恋人の言葉に浮かれる睦言《むつごと》だった。「いささは寝なんや」なんてあっけらかんと言っちゃうの、実際に言うと「はしたない」って顔をしかめられるんだろうけど、こうして歌になるとほほ笑ましく好ましい。きっと、庶民の暮らしって、こういう感じなんだろうな。

ただ、こういった歌詞で、お兄様のように見目うるわしい殿方が舞われるのは、それはそれでなんとなく罪深いような……とは思う。妹のわたしでさえ、そわそわしてしまうくらいだから、祭で舞を見る女の人たちは、さぞかし落ち着かない気分になることだろう。ましてや、本番では舞人の皆様がこのあと片肌脱ぎになられるのだ。高貴で雅やかで凜々しくたくましい武人の片肌脱ぎなんて、ほんと目の毒よ。楽しみだけど。

お兄様の舞姿に見惚《みと》れながら、当日に思いを馳《は》せた。

清浄な空気をまとった青摺の衣は、この舞の魅力を引き出し、より厳粛に、神秘的に見せてくれるだろう。

（是非とも、皆様が心洗われるようなお衣装に仕立てさせていただかなくちゃ）

そう決意を新たにした。

二　黒染めの袍

四月の中の酉《とり》の日、賀茂祭の当日は、朝からよく晴れていた。春の空にかかっていた薄黄色の紗はすっかりと引き払われ、今朝《けさ》の空は力強く、光あふれる初夏の青である。

「いいお天気になって、ようございましたね」

「そうね。お兄様たちもご熱心に舞の練習をなさっていたし、お衣装も無事お召しになっていただけそうでうれしいわ」

牛車の御簾の陰から空を見上げ、しのぶと笑顔を見交わした。

三日前の御禊《ごけい》の日にも行列があったのだけど、その日はあいにく、木々の緑を深めるやわらかな雨が降っていて、物見には適さなかった。その点、今日は格好の祭日和《びより》だ。

例年、雨のよく降るお祭だと言われてはいるけれど、神様だって、年に一度の大祭くらいは、晴れているほうがうれしいんじゃないだろうか。

賀茂祭の行列は、主上《おかみ》からの祭文とご進物をたずさえて内裏《だいり》からご出立なさる勅使様方の列と、斎院を出御《しゅつぎょ》なさった斎王様方の列が一条大宮で合流し、ともに一条大路を東へ進む。見物は賀茂の社までの道すがら、どこででもできるけれど、摂関家、精華《せいが》家などは、一条大路に桟敷を造り、見物するのがならわしだ。

「見て見て。お継母様方の牛車がやっぱり一番華やかよ」

藤大納言《とうのだいなごん》家の桟敷は、一条堀川の角にしつらえられていた。大内裏に近く、格好の見物場所だ。居並ぶ女車の数もずば抜けて多く、あたりでもひときわ美々しく豪奢だった。

御簾から打ち出す出衣《いだしぎぬ》の襲の色目は、菖蒲《しょうぶ》と若菖蒲でそろえた。お継母様とお姉様にはちょっと申し訳ないけれど、やっぱりこのたびの女車の主役は慈子《あつこ》様だ。緑とごく淡い紅色を主役に、涼やかな白を重ねて若々しく、愛らしく仕上げた若菖蒲の襲は、十四歳、これから咲き匂う花のつぼみの慈子様にぴったりだと思う。

ならばと、ご同乗なさるお継母様やお姉様には、菖蒲の襲をご用意した。こちらは若菖蒲と同系色の、やや落ち着いた襲色目だ。お三人の小袿《こうちぎ》に、うちの家紋である八藤《やつふじの》丸《まる》を用いているから、藤大納言家の桟敷だということは一目瞭然だった。

「すばらしいお誂《あつら》えねぇ。あれ、藤大納言様のお桟敷でしょ？」

「あのかわいらしい若菖蒲のお色目！　可憐《かれん》な姫君のお姿が目に浮かぶみたい」

通り過ぎていく壺《つぼ》装束の女の人たちが、きゃあきゃあと盛り上がっている。

「藤大納言家の中の君は、織女《たなばたつめ》に勝るとも劣らぬ裁縫じょうずだとお聞きしていたけれど、おうわさは本当のようね」

「あのひときわ豪華な女車にお乗りになっているのが中の君かしら。さぞかしおかわいらしい方なのでしょうね……」

道々に駐《と》められている牛車からもれ聞こえてきた評判も上々で、あかねと顔を見合わせた。

牛車の中の女君たちは、お顔が見えないのをいいことに、時に口さがなく、けなすときにはとことんけなす。その牛車から聞こえる声がこれなのだから、浮かれずにはいられない。

「よかったわ、大成功よ！　慈子様のおかわいらしさが、世の皆様に伝わるわね」

うれしくてにこにこしていたら、蘇芳《すおう》に苦い顔をされてしまった。

「何がようございますか。藤大納言家の中の君、それも織女と言うならば、他でもない謹子《ちかこ》様でいらっしゃいますのに、これでは慈子様がそのようではありませんか」

憤懣《ふんまん》やるかたないという口調でぐちぐち言っている。

「しかたないわ。何年も前に亡くなった宮腹の姫なんて、皆すっかり忘れてしまっているのでしょうよ。お継母様は『織姫』の評判に便乗して、慈子様をどなたか良い方とご縁づかせたいのでしょうし……」

「そんなことをおっしゃらないでくださいまし。わたくし、宮様に申し訳がなくて、泣けてきてしまいますわ」

蘇芳が沈んだ顔になってしまった。

うーん……。わたしは自分の存在が表に出なくても、しつらいの評判がいいだけで、十分うれしいんだけど……。

——恨まず、羨まず、手の中の幸せを大切にして生きること。

母の教えに背いてはいないのだから、母も怒ったりしないと思う。

「ねえ、そんな顔しないで。せっかくの祭の日なのだから楽しみましょうよ。こんなにすばらしいお衣装ばかり見られるなんて、夢みたいじゃない」

わざと明るい声を出した。

わたしたち染殿の対の面々が乗る牛車は、お兄様が私的にご用意くださったものだ。わたしがお継母様方の祭見物に同行させていただけないと知り、気の毒がって、どこからか借りてきてくださった。家の桟敷に寄せることは許されないので、駐める場所を探しつつ、一条大路を鴨川《かもがわ》のほうへと進む。

道すがら、さまざまに趣向を凝らした女車が目に入った。

やはり今日の出衣は、薄紫と薄青を重ねた葵の襲が一番多い。その他、花橘《はなたちばな》や躑躅《つつじ》、杜若《かきつばた》の襲なども、時節柄よく見かける。

「一つひとつの襲の色目は美しくても、牛車一台、桟敷全体の調和まで行き届かないのは、やっぱりちょっともったいないわね」

独り言に、しのぶが「さようでございますね」と相槌《あいづち》をうった。

「そうはいっても、そろえるのは容易ではございませんよ。牛車はともかく、桟敷となると、お家のご事情もおありでしょうから」

「仲の悪い女君同士がご一緒なさっているかもってこと?」

「そういう場合もあるということです」

「……いっそ、うちみたいに桟敷を追い出されたほうが気楽かもしれないわね」

「やめてください。どちらもこわいです」

しゃべりながら牛車を進ませていると、ふと、ある桟敷が目に飛び込んできた。

長々と続く築地塀《ついじべい》の前に、同じくらい長々と桟敷を造り、屋根から御簾まで下げて、藤の花で品良く飾り付けている。藤大納言家に勝るとも劣らない豪華さだ。

「ねえ、あの藤の桟敷はどちらのおうち?」

しのぶが、目元の皺を深くしてほほ笑んだ。

「関白藤原在継《ふじわらのありつぐ》様でございますね」

「ああ……あれが、その」

そのお名前は、世間にうといわたしでも耳にしたことがあった。

前左大臣の一人息子で、今上の中宮様の弟君。前関白家で、現右大臣のお祖父《じい》様、その中の君のお継母様を擁する藤大納言家から見ると、言ってしまえば政敵にあたる。

もっとも、あちらがうちを「敵」とお思いになっているかはわからない。お父様が関白になれないのは在継様がいらっしゃるからだと、お継母様が常々こぼしていらっしゃる――ということは、あちらから見れば、父は「敵」にすらなっていない可能性もある。

「そういえば、お住まいは一条東洞院《ひがしのとういん》だったかしらね」

関白家の藤の桟敷でひときわ目を引いているのは、桟敷や牛車の御簾からのぞく打出の圧倒的な統一感だった。

襲の色目はたった一つ。淡紫《うすむらさき》から少しずつ色を抜いていき、やがて白に至る濃淡の美。藤の襲だ。季節に合わせつつ、「藤原」姓を名乗る摂関家の強い矜持《きょうじ》を表している。

「すばらしいわね」

ため息がもれた。

この端整な美しさ。襲の色目を一つにする一方で、表着《うわぎ》や唐衣《からぎぬ》に贅をこらし、祭の日にふさわしい華やかさを演出している。磨き上げられた感性が抜きん出ているというだけではなかった。この藤の桟敷を可能にしているのは、摂関家の莫大な財力に加え、奥向きの中心にいらっしゃる方が、家内の女性たちをあまねく掌握なさっている、その行き届いた統率力に他ならない。

「どんな方が奥を取り仕切っていらっしゃるのかしら」

「関白様の北の方様は、由子《よしこ》様とおっしゃいます。穏やかでおやさしい、皆に慕われるお方ですよ」

旧知の相手を語るような口調で、しのぶが言った。宮仕えの長かった彼女だから、もしかしたら面識があるのかもしれない。

「由子様……本当にすばらしいお方なのね」

心から感じ入って、もう一つ、ため息をこぼした。

生前の母を思い出す。母もまた、高貴なお血筋にもかかわらず、おっとりとおやさしく、お仕えする女房たちに自ら進んで何かしたいと思わせるような方だった。おかげで、わたしは今でもしのぶや蘇芳たちに支えてもらえている。

「由子様、いつかお会いしてみたいわ」

実際には難しいだろうけど、お会いできたらしつらいのお話もうかがってみたい。きっときっと、楽しいに違いない。

しのぶが、「いつかご縁がございますよ」とうなずいてくれた。

長い長い藤の桟敷がようやく終わり、いよいよ東京極《ひがしきょうごく》が近付いてくる。

「それにしても、人が多いわね」

「なんでも、京中どころか近隣の国々からも、わざわざ行列を見に来る者がいるそうですから」

「御禊の日に雨が降って、見物ができなかったせいもあるでしょうね」

勅使様方の出立の時刻が迫るにつれ、一条大路は老いも若きも貴きも賤《ひく》きも入り交じり、見物人でごったがえしてきている。

牛車を駐めるところが見つからないまま、わたしたちは東の京極を越えてしまった。

行列出立の頃になってようやく、鴨川のほとりの柳の木の下に、なんとか一台ぶんの場所を見つけてすべり込む。

「大納言家の宮腹の姫様が、こんな京外の川岸で見物なんて……」

蘇芳がまたぶつぶつ言っている。

「そんなに悪いものでもないわよ。行列の到着までちょっと時間がかかるかもしれないけれど、待てばやってくるのだし。ここは川風がとてもさわやかで気持ちいいわ」

御簾の陰から見える鴨川は、一昨日《おととい》まで降り続いた雨のせいか水かさが増し、流れが速いようだった。岩に当たって砕けてはきらきらと輝く水面を、青柳の手が撫でている。水しぶきが洗う水際では、卯の花が真っ白な花を咲かせていた。

「あかね、見て。卯の花があんなにたくさん」

あかねは身を乗り出して、御簾の隙間から外をのぞいた。

「まあ、本当に」

「この場所なら、この牛車のしつらいにもぴったりじゃない？」

「ええ、本当に！　ぴったりですこと！」

わたしたちのやりとりに、蘇芳は苦笑し、しのぶはにこにことうなずいている。

お継母様方の出車は理想どおりにしつらえたけど、残念ながら、わたしたちの牛車はそうもいかなかった。新しい衣装を作るための絹をいただけなかったのだからしかたない。なんとか工夫して、わたしとあかねは卯の花の襲、しのぶと蘇芳は卯の花の薄様《うすよう》に仕上げた——と言えば聞こえはいいけれど、つまりは、お下がりのあり合わせの使い回しだ。

卯の花の襲は、名のとおり、木陰に咲く卯の花を表した、涼やかで清楚《せいそ》な襲色目だ。

表地はすべて白。裏地に黄、緑、薄緑なども使うけれど、圧倒的に白の分量が多い。白は夏の定番色だから、お継母さま方のお下がりがたくさんあるのだ。

同様に、卯の花の薄様は、緑から白に至る濃淡の襲で、こちらもやはり白が多い。緑は夏に限らずよく使う色だから、やはりお下がりがたくさんある。

全体に白と緑ばかりの取り合わせだから、表着や細長、唐衣の色目も自然とそうなり、涼やかではあるけれども、地味で青々しい出車ができあがった。調和はよく取れているし、わたしはこれはこれで好きなのだけど、今日の祭のきらきらしさには、まあちょっと、見劣りする。

でも、この場所なら。卯の花の咲き乱れる川岸なら、この出車はぴったりだった。

「ねえ、手の届くところに卯の花はある？　少し取ってきてもらえないかしら。牛車の廂《ひさし》を飾ってほしいの」

お願いすると、牛飼い童《わらわ》は岸から卯の花を摘んできて、牛車の廂に差してくれた。川風が御簾を揺らすたび、甘くていい香りがする。すっかりうれしくなってしまって、あかねと顔を見合わせた。くすくすと笑いがもれる。

——恨まず、羨まず、手の中の幸せを大切にして生きること。

母の教えって、つまりこういうことじゃない？

「姫様、そんなにはしゃいではしたのうございますよ」

蘇芳のお小言に「はぁい」と返した。こんな気持ちのいいお出かけなんて、年に何度もあるわけではないのだから、少しくらいは大目に見てほしい。

そうこうしているうちに、あたりが騒がしくなってきた。行列が進んで、前駆《ぜんく》に追い払われた見物客が、一条大路からここまで押し出されてきているのだ。遅れて来て、なんとか行列を一目見ようと割り込んでくる人たちも入り交じり、前のほうは押し合いへし合いしている。

「あっ、来た！」

「来たぞ！」

最前列にいた人々が、南のほうを見ながら叫んだ。皆が一斉に身を乗り出す。

最初に現れたのは長持《ながもち》だった。検非違使《けびいし》らに守られて、主上から神社に奉納されるご進物が運ばれていく。

奉納される神馬たちがあとに続き、次いで姿を現したのが、騎馬の舞人六人だった。

「見て。お兄様たちよ」

前のほうから、きゃーっと、悲鳴のような声があがる。思わず、ぎょっとしてしまった。

「え、何？」

「見物の女人たちですよ。舞人の皆様の見目うるわしさに、叫ばずにはいられないといったところでしょうか」

「まあ……そうなのね」

慣れない雰囲気には驚くけれど、叫びたくなる気持ちはよくわかる。

美々しく飾りたてた駿馬《しゅんめ》にまたがった六人は、これまでに通り過ぎた人々とは一線を画す気高さだった。

巻纓《けんえい》の冠を藤の花の挿頭《かざし》で飾り、青摺《あおずり》の衣をお召しになって、腰には黒漆《こくしつ》の太刀《たち》を佩《は》いていらっしゃる。青摺の衣自体は至って質素なものなのだけど、こういった祭の日に拝見すると、近寄りがたく清浄な空気をまとって見えた。なにより、皆様近衛府の――つまり、主上のおそば近くにお仕えする武官だ。すらりと背筋が通ったお姿は凜々しくも雅やかで、整ったお顔立ちをなさっていらっしゃる。

「素敵ねぇ」

「本当に！　滋春《しげはる》様も、本当にご立派ですわ」

目を潤ませるあかねの横で、蘇芳が、「あら」という顔でわたしを見た。

「どなたか、お心が動くお方がいらっしゃいました？」

「皆様とても凛々しくて典雅だわ。あんなふうに着こなしてくださるなら、気持ちをこめてお衣装を作った甲斐《かい》があるというものよね」

「ええ、そうですわね。で、どなたか、いいなぁと思われる方は……」

「それ、恋愛感情でってこと？　ないわよ。一目見ただけじゃない。目も合ってないのに、そんな気持ちになるわけないでしょ」

「そう……そうですわね……」

蘇芳はがっかりと肩を落とした。

女房の彼女にとっては、仕えている主人、つまりわたしの嫁ぎ先が決まらない——どころか結婚や恋愛に興味がないというのは、非常にゆゆしき事態だ。将来的に拠り所《よどころ》を失うことになりかねないから、彼女自身の不安もあるのだろうけど、蘇芳の場合は主にわたしの行く末を案じてくれているのだと思う。けど、でもねぇ。

「第一、わたしがどんなに心を動かされたところで、恋が始まるものでもないでしょ？」

わたしたち貴族の娘は、たとえどなたを好きになっても、こちらから気持ちをお伝えする方法がない。できるのは、殿方から見初められ、恋文が届くのをじっと待つだけ。その恋文が届かなくなっても、嘆きながら、やっぱり待つだけ——わたしが、いまいち恋をしたいと思えない理由の一つかもしれない。

「男の方のお心なんて、不確かで頼りにならないものを頼みにしてただ待つだけっていうのが、たぶん性に合わないのよ。それくらいなら、針を動かしていたほうが、きれいな衣装も縫い上がるでしょう。こうして自分が作った衣装で、立派に着飾った人を見るのはうれしいし、そのほうがお父様たちにも喜んでいただけるじゃない」

わたしの言葉に、蘇芳は黙り込んでしまった。たとえ内心では同意しても、母代わりの彼女としては、「わかります」とは言えないのだ。しかたがない。

お兄様は、いつにもまして晴れ晴れと明るい笑みを浮かべ、ご同僚の方々と時折何かをお話しになりながら、ゆったりと通り過ぎていかれる。一瞬、ちらりとこの牛車をご覧になったように思えたけれど、それだけだった。

彼らのあとを、舞の楽を演奏する陪従《べいじゅう》たちが、楽器をたずさえてぞろぞろと続く。

ふっと息をついたときだった。また前方でどよめきが起こった。

「おお、いらっしゃった」

「いらっしゃったぞ」

「見えたわ、素敵！」

いよいよ使《つかい》の皆様がいらっしゃるのだ。

「そういえば、今年の近衛府の御使はどなただったかしら」

なにげなく呟いたら、あかねに「まあ」と信じられないような顔をされてしまった。

「姫様ったら、ご存じありませんでしたの？　頭中将《とうのちゅうじょう》、藤原真幸《ふじわらのまさゆき》様でございます」

「ああ」

なるほど。だから、こんなに見物人たちも、あかねもそわそわしているのだ。

藤原真幸様。またの名を、「今光る君」。おそれ多くも、かの紫のゆかりの物語の主人公、光る源氏の君に喩《たと》えられる、当代きっての若公達だ。

今でこそ関白家に猶子《ゆうし》としてお入りになり、藤原姓を名乗っていらっしゃるものの、中務宮真道《なかつかさのみやまさみち》様と前左大臣の四の君のあいだにお生まれになったやんごとないお方でいらっしゃる――。

つらつらと思い出していて、ふと気付いた。

「そういえば、頭中将様は、先ほどの藤の桟敷をお造りになった由子様のご猶子でもいらっしゃるわね」

そう思うと、俄然《がぜん》興味が湧いてきた。御簾のほうへ体を寄せる。

東宮様の御使、中宮様の御使、馬寮の使が通り過ぎたときだった。川面を渡ってきた緑風が、さあっとあたりを駆け抜けた。

「きゃっ」

「あ……！」

人々が叫び、ふわりと御簾が浮き上がる。その下から、かの「今光る君」のお姿がはっきりと見えた。

すっきりとなめらかなうりざね顔に、長い睫毛《まつげ》に縁取られたくっきりとした目元。通った鼻筋。ほんのりと笑みを浮かべていらっしゃる唇は薄く、おそろしいほど品が良い。

日蔭《ひかげのかずら》蔓と双葉葵の挿頭をつけた垂纓《すいえい》の冠に、目が覚めるほど深い黒の束帯。色彩をそぎ落とした厳粛な風格あるお召し物に、金の飾り太刀が格調高い華やかさを添えている。面と唐鞍《からくら》で壮麗に飾った純白の神馬にお乗りになったお姿は、賀茂の大神のご降臨かと見まがう神々しさだった。

なるほど、まさしく「光る君」だ。

「――」

思いがけないことに目を瞠《みは》った。まさかこんなときに御簾が風に吹かれるなんて。

頭中将様もまた目を丸くして、こちらをご覧になっていた。

確かに視線が交わった――ように思ったけれど、一瞬のことだったのでわからない。

「姫様！」

蘇芳がさっと袖をかざし、人々の視線をさえぎった。我にかえって扇を広げる。しのぶが御簾を引き寄せて、またたく間にわたしを牛車の中へと隠した。

ほんの一瞬のできごとだったけれど、胸の奥をどんどんと叩《たた》かれているようで苦しくなる。思わず胸元を押さえた。

「大丈夫ですか、姫様」

「ええ……」

そろりとうなずきながらも、頭の中は今見た光景でいっぱいだった。何だったんだろう。今の、あの――。

「姫様？　本当に大丈夫ですか？」

「ねえ、見た？　あの頭中将様がお召しになっていた黒の袍《ほう》」

「えっ？」

心配そうにわたしの顔をのぞき込んでいた蘇芳が、とまどった表情になった。

「……ああ、ええ、確かに拝見しましたが……？」

彼女の顔を見返してたずねる。

「あの黒、何で染めたのだと思う？　あんなにきれいな、新月の夜のような黒、初めて見たわ！」

「……姫様……」

蘇芳があきれかえった顔になった。頭が痛いと言わんばかりに、額に手を添える。

「姫様。殿方に垣間見られた……いえ、あの今光る頭中将様のご麗容をご覧になってのご感想が、それでございますか」

「いけない？」

だって気になるんだもの！

「ねえ、しのぶはどう思う？」

くすくすと笑いながら、しのぶは首を横に振った。

「おそらく五倍子《ふし》ではないでしょうね。これだけ強い日が当たっても、五倍子独特の紫がかったお色みがまったく出ていませんでしたから」

「そうよね、やっぱり」

深くうなずく。

五倍子は、白膠木《ぬるで》の木にできる虫こぶで、黒染めの染料の他、お歯黒や生薬としても用いられている。一度の染めでは藤鼠《ふじねずみ》色に染まるのを、何度も何度も繰り返し染めて、深く、次第に黒く染めていく。だから、紫がかった黒に染まるのだ。

紫は高貴なお色だから、束帯の袍の色としては、五倍子の黒もけっして悪い色ではないのだけれど、悪臭があるのがよろしくない。何より、さっきのあの底光りする漆塗りのような、吸い込まれそうな黒を見てしまうと、正直くすんだ色に感じられてしまう。

「じゃあ、橡《つるばみ》かしら？」

橡――くぬぎの笠《かさ》を煮出して染める黒橡は、高貴な黒とされている。わたしがお父様の袍を染めるときはいつも黒橡だ。蘇芳で赤く下染めをしてから黒をかけると、深い黒に染まる。けれども、しのぶは首を横に振った。

「おそらく違うと思います。いつもご覧になっている大納言様の束帯の色とは異なりましたでしょう」

「そうね……じゃあ、矢車附子《やしやぶし》？」

矢車附子は、木になる小さな松笠のような実を用いて黒を染める。とはいえ、これも一度染めただけでは青みをおびた鈍色《にびいろ》に染まるので、くりかえし染めて黒に近づけたところで、日光の当たり具合によって、青から褐色をおびて見えるのだ。

「違うでしょうねぇ」

「ねえ、しのぶも知らないの？」

しのぶは、ふふふと含むように笑いながら、首を横に振った。信じられない。染色で、しのぶでも知らない方法なんてあるの。底知れない気分になってしまう。何者なの、頭中将様——って、頭中将様なのだけど。

しのぶは、わたしの目を見て、いたずらっぽくほほ笑んだ。

「きっと由子様ならご存じでしょうね」

「えっ。ああ！　そうね、そうよねぇ」

関白在継様の北の方で、今光る頭中将様のお母様。あのすばらしい藤の桟敷を演出した方と、あの魅惑的な黒をお染めになった方が一致して、深く、納得してしまった。

「本当に、いつかお会いできたらいいのに」

いつの間にか話題からはずれ、外をのぞいていた蘇芳が、なんとなく冷めた声で、

「斎王様がいらっしゃいましたよ」と言う。

花咲き乱れるように華やかな女人列に目を奪われながらも、わたしの頭の片隅にはずっとあの黒の袍が引っかかっていた。

まるで物語の主人公が、恋に落ちたときのように。

三　褐色の褐衣

賀茂祭から十日あまりが過ぎた。

遠く東の山際から、きょきょきょ、きょきょきょきょ……という声が、かすかに聞こえる。ほととぎす。本格的な夏の到来を知らせる鳥だ。庭では前栽の小さな躑躅《つつじ》が、あざやかな赤紫の花を咲かせている。

気持ちのいい風が通る端近に寄り、わたしは競馬《くらべうま》のお衣装をつくろっていた。もう数日で五月《さつき》。月があらたまれば、すぐに端午《たんご》の節会《せちえ》だ。競馬は、その催しの一つである。

宮中の競馬では、左方と右方に分かれて一名ずつ馬に乗り、武徳殿《ぶとくでん》前の直線を走らせて速さを競う。左方のお衣装は、赤色の袍《ほう》に、輝く黄赤の打毬楽《たぎゅうらく》の装束。右方のお衣装は、緑色の袍に、楓《かえで》の深緑を思わせる萌黄色の狛桙《こまぼこ》の装束。見たことはないけれど、きっときらきらしくも雄壮なごようすに違いない。

こういった例年の催事のお衣装は、毎年新調する必要はないのだけれど、都度のお手入れは必須だ。お兄様は昨年の競馬で落馬なさったそうで、袍の袖が破けてしまっていたので作り直した。幸い、舞楽装束のほうは無事だったけど、所々の傷みをつくろっておくことで、長持ちさせることはできる。

金糸も眩しい唐織の袴をつくろっていると、裏の通りから子供たちの歌う声が聞こえてきた。

ほととぎすよ　おれよ　かやつよ　おれ鳴きてぞ　われは田に立つ

「ねえ、あれはどういう意味？」

ほととぎすといえば、鶯と同じくらい鳴き声を好まれる鳥だ。夜にも鳴く鳥だから、初音の時期には、親しい方々で集まって、夜通し初音を待つ催しもあるのだと聞く。なのに、そのほととぎすに向かって、「おまえ」だの、「あいつ」だの、あげくには鳴き声を憎々しげに言うなんて、どういうことなのだろう。

首をひねるわたしに、蘇芳《すおう》はおかしそうに苦笑した。

「きっと、田作りの子らでしょう。彼らは、ほととぎすの声を目安に田植えを始める時期を知ると聞きますから」

「そうなの。でもそれで、どうして、ほととぎすはあんなに恨まれているの？」

「田植えはずいぶんな重労働だといいます。できれば田植えなんてしたくないのに、ほととぎすが鳴くからしなくてはならない。ああ、やだやだ……ということでしょうね」

「そう。あの趣深い声がそんなふうに聞こえてしまうほど、大変な作業なのね」

気の毒に思ったが、蘇芳は「下々の者のやつあたりですから、お気になさらず」と切り捨てた。

しばらくそうしているうちに、下男が庭からやってきた。庭から高覧越しに差し出された手紙を、しのぶが受け取る。

「蘇芳さんにと預かりました」

蘇芳は驚いたように手を止めた。

「わたくしに？」

しのぶから手紙を受け取り、その場で開く。

「どなたから？」

蘇芳は手紙にさっと視線を走らせ、眉を寄せた。

「……元夫からです」

「あら」

蘇芳の元夫は、今は確か左衛門佐《さえもんのすけ》だったはずだ。蘇芳とのあいだに男子を一人と、女子を一人――つまり、あかねをもうけたが、その後次第に通いがなくなり、今ではすっかりご縁が切れている。

突然手紙を寄越すなんて何事だろう。気にはなったが、蘇芳は短いため息を一つつくと、手紙をたたみ直してしまった。

「左衛門佐様はなんて？」

「姫様にお気遣いいただくようなことではございませんわ」

笑ってごまかそうとしてくるが、気にならないわけがない。あかねだって気にしてちらちら見ているし。

「蘇芳」

名前を呼んで、それでも口を開かなかったので、言葉を継いだ。

「わたしは、親孝行をする間もなくお母様を亡くしてしまったでしょう。その代わりと言ってはなんだけれど、しのぶと蘇芳には、できるだけのことをしたいと思っているの。何か困ったことがあったなら、聞かせてほしいわ」

蘇芳はまだためらっていたけれど、しのぶにも目顔でうながされ、しぶしぶと再び手紙を開いた。

「姫様はご存じかと思いますが、元夫とわたくしのあいだには、息子が一人おりまして……。その息子……廣行《ひろゆき》と申しますが、その子はあちらの家に引き取られ、今は左近衛府に勤めているのです。その廣行が、このたび頭中将《とうのちゆうじよう》様の随身にご指名を受けたそうなのですが……」

「とてもいい知らせじゃない」

思わず口を挟んでしまったが、蘇芳は首を横に振った。

「息子の出世はめでたいことでございますが、出仕のための衣装をこちらに都合してほしいと申してきました」

「あら」

おかしな話だ。蘇芳の息子がこちらで一緒に暮らしているならともかく、あちらに引き取られている現状では、参内の装束は左衛門佐様の家で用意するものである。

「……どうも、北の方がご都合くださらないようですわ」

視線を落とし、沈んだ声で蘇芳が言った。

心配する気持ちはよくわかる。離れて暮らす自分の息子が、引き取られた先でつらい思いをしているかもしれないとわかったら、なんとかしてやりたいと思うのが母の情というものだろう。

「わかったわ。その衣装、こちらで調えましょう」

わたしが言うと、蘇芳は目を見開いて顔をあげた。「とんでもない」と、首を横に振る。

「左衛門佐が勝手すぎるのです。あちらの家で用意するよう返事しますので」

「でも、そんなことをおっしゃる方が、本当にご用意くださるかわからないじゃない。ご用意くださっても、もし中途半端なものだったりしたら、廣行がかわいそうでしょう」

「ですが……」

「せっかく出世の芽が出たのに、着るものの心配をさせるなんて気の毒よ。会ったことはないけれど、蘇芳の子であかねの兄なら、わたしにとっても兄同然よ。わたしたちからのお祝いということにしましょう」

「姫様……」

「頭中将様のご随身なんて晴れがましいお役目なら、殿上の御方々のお目に留まることも多いでしょうから、立派に作ってあげなくちゃ——」

そこまで言って、はたと気付いた。

「なんてこと……！」

頭中将様――ということは、あの「今光る君」じゃないの！

突然声をあげたわたしに、蘇芳が「姫様？」と、とまどった表情になった。

「よく考えたら、あの今光る中将様のお供じゃないの。絶対、絶対、立派な衣装をそろえてあげなくちゃ。絶対によ。今光る君のご随身となったら、周りの方々のお目も当然厳しくなるでしょうし、あの方ご自身が、ご自分の随身がみすぼらしい服を着ているなんてお許しになりそうにもないし。なにより、めったなものを着ていては、恥ずかしくてあの方のお近くに侍《はべ》るなんてできないわよ」

「そ、そうでしょうか」

「そうに決まっているわ。だって、頭中将様のお召し物は、あの由子《よしこ》様がお誂えになっていらっしゃるのだもの」

「そう……そうかもしれませんね」

蘇芳は気圧《けお》されたようにうなずいた。

「だからね、誰の前に出ても恥ずかしくない服を、わたしたちで仕立ててあげましょう。贅沢する必要はないのだから、なんとかなるわ」

正直なところ、わたしたちだって、潤沢に材料を持っているとは言いがたい。唐衣や綾織《あやおり》、錦のように特別贅沢な織物はもちろん、新しい布帛《ふはく》は貴重品だから、俸禄として賜るそれらは、すべてお継母様が管理なさっている。わたしたちが自分の衣服としていただけるのは、お継母様やお姉様、慈子《あつこ》様たちのお下がりで、真新しい布を渡されるときには、仕立てるものが決められている。だから、自由にできる布はとても少ない。

でも、さいわいなことに、中将様のご随身の装束といえば、麻の褐衣《かちえ》だ。麻布なら、真夏の帷子《かたびら》を縫うために取っておいたものがあるから、かき集めれば足りるだろう。今年の夏は、昨年の帷子をもう一年着ることになるけれど、どうせ下着だ。見栄えに影響するものではないし、どのみち見せる人もいないからかまわない。

蘇芳はまだ迷っているようだったけれど、しのぶが「それがようございますよ」と、わたしに同意してくれたことで、心が決まったらしい。あらたまって指を床につき、ていねいに頭を下げた。

「それでは、このたびは姫様のお言葉に甘えさせていただきます」

「ええ、是非そうして。わたしもお祝いさせてもらえてうれしいわ」

そう言うと、蘇芳は泣きだしてしまった。

取り急ぎ、お兄様の競馬の装束の手入れを終わらせて、すぐに準備に取りかかる。

「とりあえず、日常用の褐衣と白の狩袴を二着ずつ、晴れの日用に獅子《しし》の蛮絵《ばんえ》を摺った褐衣と、蘇芳の裾濃《すそご》の染分袴《そめわけばかま》を一着でいいかしら？」

「先のことになりますが、正月用の紅梅の袴もお入り用でしょう」

「それはまた冬の更衣《ころもがえ》のときに考えましょう。中将様のご随身ということは、褐衣の染めは深縹《こきはなだ》でよいのよね？」

「いえ、もっと深い青に染めた、褐色《かちいろ》というお色になります」

「あら、そうなの」

しのぶに教えてもらいながら、思わずふふっと笑ってしまった。

「楽しいわねぇ。わたし、こうして何かを作ろうとして、ああでもない、こうでもないって話しているときが一番楽しいわ」

いつもにこにこしているしのぶはもちろん、こういうことを言うと決まってたしなめる蘇芳も、今日は困ったようにだけれど笑ってくれる。だから、余計にうれしくなってしまう。

ありったけの麻布を広げ、どうやったら一番多く生地をとれるか、四人で頭を悩ませていたところ、ふいに「楽しそうだね」と頭上から声をかけられた。

「今度は何を作っているんだい？」

「滋春《しげはる》様」

「お兄様」

あわてて扇を開き、顔を隠す。お兄様は、「ごめん、ごめん」と、おかしそうに声を立ててお笑いになった。

「預けていた競馬の衣装がそろそろ修理できる頃かと思って来たのだけど、邪魔してしまったね」

ああ、もう。四人して裁縫に夢中になっていて、誰もお兄様の足音に気付かなかったのだからあきれたものだ。おかげで几帳《きちょう》の陰に引っ込むこともできなかった。

「これは何になるんだい？」

所狭しと広げられた麻布を眺め、お兄様がおたずねになった。

「褐衣を作ろうと思いまして……」

「褐衣？」

聞き慣れない言葉を聞いたという顔で、お兄様はこちらをご覧になった。宮中でも身分の低い者の装束だから、お兄様にはご縁がないのだ。

「ご随身のお衣装のことですわ。実は、このたび蘇芳の子が随身に進むことになったのですけど、出仕するための服がないということで……」

頭中将様のお名前は出さないでおいた。お兄様から見て、今光る君は、少し年上ではいらっしゃるけれど、一応同年代で出世をあらそう間柄だ。「政敵」というほど険悪な仲だと聞いたことはないけれど、あえてお名前を出すこともない——と思ったのだけど。

お兄様は、「随身？」と首をかしげ、「ああ」と思い至られたようだった。とくにお気になさるごようすもなく、おっしゃる。

「頭中将様のご随身だね。左衛門佐の子だと聞いていたが、そうか、そなたが母親か」

蘇芳は、黙って平伏した。

「それで、この白布はどこから？」

お兄様は、わたしがこの家で置かれている状況をよくおわかりになっていらっしゃる。自由にできる布帛は私物だけとご存じなので、ふしぎにお思いになったらしい。

「わたしたちの夏の帷子用のものです」

お答えすると、「何ということだ」とお嘆きになった。

「その新しい随身のために、あなたが一夏、着古した帷子で我慢なさるのかい？」

「かまいません。洗えばまだまだ着られますし、どのみち表に出るものではありませんから、お見苦しくもないでしょう」

「それにしても……」

言いかけて、お兄様は、続くお言葉を呑《の》み込まれた。

そっとお顔をそむけなさったのは、わたしが、帷子どころか、袿《うちぎ》も、表着《うわぎ》も、小袿も、細長も、なにもかも、着古されたものを染め直したり、つくろい直したりしながら着ている理由に、思い至られたせいかもしれない。

ややして、お兄様は「わかった」とおっしゃった。

「それなら、わたしも手伝わせてもらおう。わたしの持ちもので、褐衣に縫い直せるものがあるかな?」

「そんな、とんでもないですわ」

あわててお断りしたのだけれど、お兄様は、「そのくらいはさせてくれ」とおっしゃった。

「遅かれ早かれ、何かの褒美として下の者に下げ渡すか、着古して掃除にでも使うかなのだからいいんだよ。それに、わたしに必要ができれば、またあなたが新しいものを縫ってくれるだろう?」

「それはもちろんですけれど……」

しのぶと蘇芳の顔をうかがい、お言葉に甘えることにした。

「それでは、お言葉に甘えさせていただきます。夏の狩衣と狩袴で、もうお召しにならないものがございましたら、頂戴したく存じます」

「夏の狩衣というと、麻のものだね。絹でなくていいのかい？」

「絹では贅沢すぎるのです」

「そうか。色は何色がいいだろう？」

「白、あるいは縹であれば濃いものでも薄いものでも……あとは、藍白、白藍、水色、空色など、藍の青です」

「わかった。戻って、すぐに届けさせよう」

「ありがとうございます」

お兄様はやんわりとやさしくほほ笑まれた。

「こんなことであなたが喜んでくれるなら、いくらでも力になるよ」


お兄様が東の対にお戻りになると、すぐに荷が届けられた。藍白と深縹の狩衣を一着ずつ、白の狩袴を一着くださっている。

「ありがたいわ」

褐衣は、基本の形は狩衣に非常によく似ている。違うのは、狩衣では開いている脇の部分を、褐衣では縫い合わせていることくらいだ。これで新しく布から仕立てるのは、褐衣を一着と、白袴を一着、裾濃の染分袴が一着でよくなった。布の分量で言えば半分以下だ。余ったぶんは帷子に回すことができる。

心の中でお兄様に感謝しながら、さっそく糸をほどきにかかった。一度布の状態に戻し、洗って褐色に染め直すためだ。

「今の時期でようございました。なんとか藍が手に入ります」

しのぶの言葉に、「ああ、そうね」とうなずいた。

染めに必須の染草は、乾燥して保存しておけるものもあるが、それができないものもある。褐色や縹色を染める蓼藍《たであい》は、保存できない染草の一つだ。刈り取ってすぐに染めなければ、色が変わって使えなくなる。だから、藍の青は、蓼藍の葉が茂っている夏のうちしか染められない。草木の色をもらって布を染める染色は、染草の収穫から発色の止めの瞬間まで、すべてが一期一会の奇跡なのだ。

三月に種を蒔《ま》いた今年の蓼藍は、四月末の今ではまだ十分に育っているとはいえない。けれども、しのぶはどこかの伝手《つて》を頼って、必要なだけの蓼藍を手に入れてきた。

「さて、染めますよ」

庭に山と積み上げられた蓼藍の葉を、下女たちに細かく刻ませ、臼《うす》に移して水を加える。杵《きね》で搗《つ》き、布で漉《こ》した蓼藍の葉の汁に椿灰《つばきばい》を加えると、あざやかな新緑の色をしていた液が、ぱっと黒っぽい深緑に変わる。これが藍染めの染液だ。

ほどいて、洗って、乾かした麻布を、再度水に湿らせてから染液に浸す。白藍や浅縹といった薄い色を染めるなら、これを水に移して洗えば終わりだ。けれども、褐色のように濃い色に染めようと思ったら、これだけでは足りない。

下女たちが、杵をもって布を搗く。誰からともなく、染歌を歌いだした。幼い頃から耳に馴染《なじ》んだ、染殿の歌。

若草の緑に染まった布を水で洗うと、さぁっと目の覚めるような白藍の色に変化した。

「ああ、きれいね……！」

この発色の瞬間がとても好き。いつもいつも、なんてふしぎできれいなのだろうと思う。

我慢できずに庭に下りたら、あわててついてきた蘇芳に、「姫様」とたしなめられた。しのぶも、「汚れますよ」と苦笑している。

「だって、本当にふしぎできれいなんだもの。わたし、藍染って大好きよ」

青々とむせかえるような染草の匂い。緑から縹への、目が覚めるような色の変化。本当に楽しい！

「ありがとう。大変だけど、がんばって」

声をかけると、下女たちは一瞬歌を止めてぽかんとし、恐縮したようにうなずいた。

白藍に染まった布を再び臼の染液に戻し、杵で搗く。さっきよりも少し深い緑に染まった布を水で洗うと、今度は浅縹に変化する。

そうして、何度も何度も何度も何度も、搗いて染めて洗ってをくりかえしていくうちに、布は次第に赤黒く光るような深い青色に染まっていくのだ。

その日は一日、染殿の対の染歌が途切れることはなかった。

やがて日暮れが近付いた頃、庭には丸一日をかけて染めた褐色の布がはためいていた。美しく暮れゆく初夏の空に、日に透かしても見通せないほど深い青に染まった布が泳いでいる。

その風景を眺めていると、しみじみと、心から言葉があふれた。

「いい一日だったわねぇ。わたし、こうやってあなたたちと布を染めて、服を作って暮らしていけたら、本当にそれで十分なの」

手の中の幸せを大切にして生きる——母の教えは、いつも心に留め置いているつもりだけれど、今日ほど強く実感することは多くはない。

いつもなら、こんなことを言えばすぐにたしなめられるけど、蘇芳はやっぱり何も言わなかった。

本当はわかっている。わたしが自分のしたいように染めものや縫いものだけをして生きていくには、この家で死ぬまで今の扱いに甘んじるか、どなたかわたしを妻にと望んでくださる方と結婚するしか道はない。

両親にわたしの結婚相手をさがす意思が感じられないところを見ると、お継母様はわたしを一生お針子としてこき使うおつもりなのだろう。きっと、もうあと何年もしないうちに慈子様のご結婚が決まり、わたしはまたお姉様のときのように、大量の絹を染め、婚礼衣装を縫うことになる。そして、それからもずっと変わらず、家族の衣装を染め縫いして生きていくのだ。

わたしはそれでもかまわない。けれども、しのぶたちのことを思うなら、どなたかとご縁を結ぶほうがいいのだと思う。でも、わたしは結婚に夢を見られない。身過ぎ世過ぎと割り切るにしても、女の立場からではどうしようもないのだ。わたしにできることは、ただここで誰かの訪れを待つことだけ――それがはがゆい。

「ねえ、しのぶも蘇芳も宮仕えをしていたのよね？　内裏《だいり》はどんなところだった？　わたしでも働けそうなところはありそうかしら？」

あんまり唐突な質問だったからか、しのぶと蘇芳は一瞬虚を突かれた顔になり、視線を交わした。今度こそ、蘇芳が「姫様」とたしなめる。

「どうかそのようなことは、ご冗談でもおっしゃらないでくださいませ。宮仕えなど、宮腹の姫様がなさることではありません」

「でも、世間にはすっかり忘れられているじゃない。誰も覚えていないなら、宮腹なんて、今さら気にするほどの意味もないわ」

「姫様」と、今度はしのぶが口を開いた。生前、母が幼いわたしを諭したときと同じ、やさしく、慈しみに満ちた声と表情だった。

「宮中にも、姫様がなさりたいような、裁縫を仕事になさっていらっしゃる方々はいらっしゃいます。わたくしたちは、姫様を、どこへ出しても恥ずかしくない姫君にお育てしたつもりです。いざとなったら、ご出仕の道を選ぶこともできるかもしれません。でも、まだ、今でなくともよろしいかと存じます」

しのぶの声音はどこまでもやさしく、落ち着いている。

彼女の言葉を聞いているうちに、感傷的になっていた自分が恥ずかしくなった。「わかったわ」と、うなずく。

「今すぐどうこうという話ではないの。ただ、あなたたちのことを考えたら、先々のことも考えなくてはならないと思っただけ」

わたしの言葉に、蘇芳は深い深いため息をついた。

「お気持ちはありがたくうかがいますが、姫様にふさわしいご縁が結ばれるのが、わたくしたちの変わらぬ一番の望みでございます」

四　卯の花の襲

軒端に菖蒲の葉が揺れている。五月五日。端午の節句だ。

染殿の対の柱には、真新しい薬玉がかけられていた。錦で作った香袋に薬草を詰め、五色の紐《ひも》と菖蒲の葉、蓬《よもぎ》の葉とともに束ねたものだ。屋根の菖蒲も、薬玉も、清らかな香を放ち、よどんだ空気を浄めてくれている。

午後になり、低く重たく空を覆う鈍色の雲から、また雨が落ちてきていた。表の庭の水辺から、蛙《かえる》の鳴く声が聞こえている。

「よく降るわね」

京に住む人の多くがそうであるように、わたしもまた、この長雨の季節が苦手だった。

どんよりと空を覆う雲。何日も降り続く雨。じっとりと湿った空気。毎年のように流《は》行《や》る疫病。それらは人の心も体も弱らせる。

そういう時期だからこそ、古来、端午には薬草を摘み、菖蒲や薬玉を飾って病や気鬱を払うのが、ならわしとなったのだ。確かに、屋根に並べた菖蒲の葉先が軒端にのぞき、風にさわさわと揺れるさまは涼やかだった。

でも――しのぶにも、蘇芳《すおう》にも、あかねにさえも言えないのだけど、わたしはこの日の香りが苦手だった。

ひんやりとした雨に、菖蒲の葉と薬玉の香りが入り交じる匂いは、六年前、母が亡くなる前日にもこの家を満たしていた。この香りが少しでも母の病を払ってくれるよう、必死で祈ったあの日の気持ちを、やり場のないおそろしさを、この香りはまざまざと思い出させるのだ。

――だめだ。全然手が動かない。

ため息をつき、針を置いた。

先日蘇芳の子に褐衣《かちえ》を作った余り布で帷子《かたびら》を縫っていたのだけれど、今日はたびたび手が止まる。雨続きで冷えるのも理由かもしれない。

無意識に手をこすり合わせていたようで、一緒に帷子を縫っていたあかねが、「薬湯でもお持ちしましょうか」と言ってくれた。

「そうね。お願い」

うなずくと、あかねは母屋の厨《くりや》へ立っていった。

「今日の競馬はあったのかしら」

「朝のうち、雨のやみ間になさったようですよ」

「まあ、大変だったのね。昨日も一昨日も雨だったでしょう。足場はよくなかったでしように」

お兄様の今年の首尾はどうだったのだろう。また落馬なさっていたら、泥だらけになって帰っていらっしゃるかもしれない。

そんなことを考えていたら、薬湯の盆を持ったあかねと一緒に、お兄様がこちらへいらっしゃるのが見えた。何かしら。大きなお荷物を大事そうにお持ちになっている。

よそよそしくない程度に几帳《きちょう》を立ててお待ちしていたら、いつものように「邪魔するよ」と御簾をくぐって入っていらっしゃった。お帰りになってからお召し替えなさったようで、狩衣をお召しになっている。淡萌黄の裏から濃萌黄が透ける、蓬の襲。薬草の名を冠した、今日の日にふさわしい装いだ。矢羽根の形に切った菖蒲の葉を立烏帽子《たてえぼし》に飾っていらっしゃるお姿は、お兄様ご自身が邪気を払うようなさわやかさだった。

「どうぞ。陳皮《ちんぴ》の薬湯です」

藁座《わろうだ》にお座りになったお兄様とわたしの前に、うつわが置かれる。一口含むと、柑子《こうじ》の甘くさわやかな香りが立ちのぼった。

互いに息をついてから、お兄様が持っていらっしゃった荷を解かれる。

「謹子《ちかこ》、ご覧」

包みの中から出てきたのは、雨の日の薄暗さに慣れた目に、ぱっと眩しい白藍の細長だった。露草色の波立涌《なみたてわく》が、夏の涼を感じさせる。

「まあ、きれい。これはどうなさったんですか？」

「友人たちと菖蒲の根合わせをして勝ったのでね。競馬の俸禄は母上のところだが、これはわたしのものだから、あなたに差し上げたいと思って」

思わず、「え」と、声をあげてしまった。恥ずかしい。

「わたしがいただいてしまって、よろしいんですか？」

「いいよ。そのために持ってきたのだから、もらってくれ。あなたは、本当に裁縫がおじょうずだけれど、ご自身で着飾ることはほとんどなさらず、いつも人のためばかりだろう。そのまま細長としてでも、小袿《こうちぎ》に仕立て直すでもして、夏の料になさったらいい」

「まあ……！」

今度こそ歓声をあげた。蘇芳の視線がちょっとこわい。けど、だって……だって、いつぶりの新しい細長だろう！

「ありがとうございます」

声をうわずらせるわたしに、お兄様はほがらかにお笑いになり、東の対を目線で示しながらおっしゃった。

「母上や姉上、慈子《あつこ》には内緒だからね」

「承知しております」

どちらからともなく、くすくすと笑いがもれる。

それから、お兄様は立派な菖蒲と薬玉もくださった。

「順番が逆になってしまったけれど、こちらも。お健やかに過ごしてほしいという気持ちだから」

「ありがとうございます。わたしからも、気持ちばかりですけど」

わたしが言うと、しのぶが用意していた薬玉を差し出す。

受け取り、近づけた鼻をすんと鳴らして、お兄様はかすかに首をかしげた。

「あなたの部屋はいつもかぐわしい香りがするけれど、この香りも以前きいたことがあるような気がするね。中身はもしかして染草かい？」

「はい、丁子と蓬です。どちらも薬草として知られていますが、丁子は青みがかったあざやかな黄色を、蓬は萌黄や若竹色を染める染草としても使うので、こちらにはいつも置いています」

「そうなんだね。あなたらしい薬玉だ。ありがとう」

お兄様はほほ笑んでうなずかれ、「そうだ」と思い出したようにおっしゃった。

「今日、蘇芳の子を見かけたよ。頭中将《とうのちゅうじょう》様にお供して競馬に来ていた」

「まあ、そうですか」

蘇芳をうかがうと、話を聞きたそうな顔をしている。うなずいて、たずねた。

「どのようなようすでした？」

「初めての晴れの場で、少々気が張っているようすだったが、凜々しく立派なお姿だったよ。あなたが作ってやった、褐衣と言ったか、濃い縹《はなだ》の装束が大変よく似合っていた」

「ああ……」

蘇芳が、思わずといったように、安堵《あんど》のため息をもらした。わたしもほっと胸を撫で下ろす。

「それを聞いて安心しました」

お兄様は、一つうなずかれて、それからこうおっしゃった。

「頭中将様とも少しお話ししたのだが、たいそう褒めていらっしゃったよ。『染めも針目もこの上なく美しく理想的だ』、『このような裁縫じょうずな妹がいて羨ましい』と」

「妹？」

思いがけない言葉に驚いた。

「頭中将様は、あの褐衣を仕立てたのがわたしだとご存じだったのですか？」

「あの随身が自分から話したらしいね。わたしにも礼を言ってくれたよ。藤大納言《とうのだいなごん》家の中の君様は織女に勝るとも劣らぬお裁縫じょうずですと、心から喜んで褒めていた」

「まあ……」と、恥じ入る。服を仕立てて喜ばれるのも、褒めてもらうのもうれしいけれど、あまり言葉が過ぎるとおそれ多い。

「でも、よいことをうかがいました。蘇芳の子がどのように過ごしているか、気にかかっていたんです」

そして、その褐衣の料となったのは、他でもないお兄様がくださった狩衣なのだ。

あらためて、お礼を申し上げた。

「その節は、結構なお品をたくさんありがとうございました。お兄様には、また新しいものを縫わせていただきますね」

「ああ、頼むよ。でも、あのくらいであなたが喜んでくれるなら安いものだ。本当なら、あなたご自身のお衣装も、絹も、もっと差し上げたいのだが……」

そうおっしゃって口をつぐむ。まだ何かおっしゃりたそうなお顔に見えたけれど、何も言わないまま腰をお上げになった。

「まだしばらく雨続きだろうからね。くれぐれも体には気をつけて」

「ありがとうございます。お兄様も」

お兄様の足音が雨音にまぎれ、渡殿を去っていく。

――と、蘇芳が「姫様!」と、めずらしく興奮した面持ちでわたしを見た。

「よかったわね。廣行《ひろゆき》、うまくやっていけそうで」

てっきりその話だと思ったのだけど、蘇芳は「ええ、ええ、それはもう大変ありがたく存じますけれども」と流した。違う話だったらしい。

身を乗り出すようにして、蘇芳は興奮冷めやらぬ声で言った。

「すばらしいですわ、あの今光る中将様にお褒めのお言葉をいただくなんて!」

少し気圧され、「ああ、その話」と、うなずく。

「そうね。とても光栄だわ。なにしろあの由子《よしこ》様がお作りになったお衣装をいつも身につけていらっしゃる方に褒められたんですものね」

そう言うと、蘇芳は「何をおっしゃっているんですか」と、あきれた顔になった。

「頭中将様が、姫様にご興味をお示しなのですよ。あの今光る君が!」

「すごいですわ、姫様！」

あかねまで一緒になってはしゃいでいる。

ああ、そうか、そういうこと。二人ともこれをきっかけに、おそれ多くも今光る君とご縁があるかもしれないと思っているのね。

だけど、それは違うんじゃないだろうか。

「喜んでくれているところに申し訳ないんだけど、頭中将様がご興味をお持ちなのは、『藤大納言家の中の君』でしょう。それ、わたしじゃないわ。慈子様よ」

わたしが言うと、蘇芳は雷に打たれたように固まり、あかねは「……え？」と首をかしげた。

「だって、世の人はわたしのことなんてすっかり忘れてしまっているし、賀茂祭でも、うちの桟敷をしつらえたのは慈子様だと、皆思っていたじゃない」

世間的には、藤大納言家の大君はお姉様、中の君は慈子様で、わたしはいないことになっているのだ。だったら、頭中将様もそういうご認識でいらっしゃると考えるのが普通じゃないかしら。

喜びが大きかったぶん、落胆もまた大きかったようで、蘇芳もあかねも黙り込んでしまった。なんだか申し訳ない気持ちになる。

「まあ、そんなにがっかりしないで。第一、あの今光る君がわたしなんか相手になさるはずがないでしょう。それこそおそれ多いわよ」

すかさず、あかねが「そんなことございません」と否定した。

「姫様は、本当に、本当にすばらしいお方です。お美しく、おやさしく、お血筋も中務宮《つかさのみや》のお子様である今光る君にふさわしいじゃありませんか。頭中《なか》将様も姫様をお知りになったら、きっとお好きになるはずです！」

「いえいえ、そんな」

あかねがそう言ってくれる気持ちはうれしいけど、身内の贔屓目《ひいきめ》が過ぎる気がする。

「それに、あれだけ見目うるわしくていらっしゃるのだから、今光る君も、きっと恋多き方なのでしょ？」

当てずっぽうに言ったのだけど、あかねは自信満々に、「でも、まだ北の方はいらっしゃらないそうですわ」と答えた。

「やっぱり恋多き方なんじゃないの」

「それはまぁ……」と、蘇芳も視線を泳がせた。

「あら、やっぱりそうなの？」

「あれだけ見目よく、ご立派なお血筋、お家柄の方ですから……」

なるほど。彼から恋文をもらうと、皆ころっと恋に落ちてしまうということね。わかりやすい。確かにびっくりするほどうるわしい方ではあったけれども。

賀茂祭、川風のいたずらで、たった一目、垣間見たお姿を思い出す。……そうね。どうせ誰かと結婚しなくちゃいけないなら、せめて一夜、と、思う気持ちもわからなくもない……かしら？

でも、それでいいんだろうか。

そういうものだからしかたないと我慢するしかないのかもしれないけど、殿方の浮ついたお心をとがめることさえできず、ただただお待ちするしかないなんて、相手のことが本気で好きであればあるだけ、苦しみが増えるだけじゃないだろうか？

『万葉集』の昔から、嫉妬に苦しむ胸の裡《うち》を詠んだ恋の歌はごまんとあるし、かの紫のゆかりの物語も、それに続く姫君たちの恋物語も、皆みんな、女性は待つ苦しみに悩んでいる。母だって、お継母様だって、たぶん蘇芳だって、そうだった。

そこまで考え、首を横に振った。

「どのみち、わたしには関係のない話だわ」

あの今光る君とお目にかかることなど、もう二度とないのだろうから。わたしに直接関係のないことで悪く言うのは申し訳ない。

蘇芳が「姫様」と顔をしかめる。けれども、本気でそう考えていた。

——だが、そんなことを言っていられたのも、そのときまでのことだったのだ。


蒸し暑く、それでいてひんやりと指先が冷えるような、寝苦しい夜だった。

一度は茵《しとね》に横になったものの、睡魔は一向におとずれず、わたしは寝るのをあきらめて、箏《そう》をつま弾いていた。

母がわたしに遺《のこ》してくれた最大の形見は、しのぶと蘇芳、彼女たちとする染色、裁縫の楽しみ、そして「恨まず、羨まず」の教えだ。でも、その他にも、音曲や和歌、物語の楽しさなど、さまざまなことを、母はわたしに教えてくれた。夜は、紙燭《しそく》を灯《とも》しても、縫いものをするには暗いから、音曲をたしなむことも多い。

雨はやんでいるものの、空は雲でふさがれていて、月のない夜だった。時折ざぁっと南風が吹き、沙羅双樹の枝を揺らしている。

戌《いぬ》の刻が過ぎた頃、にわかに表が騒がしくなった。母屋——いや、東の対かもしれない。大勢の男の人の声。蛙の声をかき消して、犬の吠《ほ》える声まで聞こえてくる。

「……賊でも入ったのかしら」

犬をけしかけるなんてよっぽどだ。おそろしくなり、隣の局《つぼね》で休んでいた蘇芳に声をかけた。

「蘇芳。起きてる？」

「起きております」

「部屋の蔀戸《しとみど》を下ろしてちょうだい。表のようすがおかしいわ」

「かしこまりました」

暑いから、風が通るよう、格子戸だけ下ろしていたのだけど、賊に押し入られたらと思うとぞっとする。

——と、急いで蔀戸を下ろしていた蘇芳が、庭の一点を凝視して顔色を変えた。

「蘇芳？　どうしたの？　何かあった？」

「姫様、お下がりくださいませ！」

鋭い声で制止される。とっさに扇で顔を隠し、彼女の視線の先を追った。

ほころびかけた沙羅双樹の花の下、表の庭とこの対の庭をつなぐ木戸のあたりで、黒い影がうごめいた。

「——」

息を呑んだ。賊だ。おそろしさに足がすくむ。この近さでは、蘇芳が蔀戸を閉めるより、賊が押し入ってくるほうが早いだろう。

だが、影はじっと動かなかった。こちらが気付いていることは向こうにもわかっているだろうけれど、こちらの出方をうかがっているのかもしれない。互いにじっと睨《にら》み合う。

どのくらいそうしていただろうか。一瞬、空をふさぐ雲が途切れ、月影が庭に差し込んだ。

「――!?」

月明かりに照らし出された顔は、はっとするほど白かった。雲が流れ、月が隠れる。本当に須臾《しゅゆ》の間のできごとだった。それでも、ちらりと輝きを放ったその顔に、わたしは確かに見覚えがあった。

「……今光る君……?」

おそるおそる、その名を呼ぶ。蘇芳がぎょっとこちらを見た。何を言っているのかという顔だ。

でも、見間違えるはずがない。あんなにきれいなお顔立ちの殿方は、京広しといえども、二人といらっしゃらないだろう。

ひそめた声で、もう一度たずねた。

「頭中将様でいらっしゃいますね？」

「……」

影は貝のように沈黙していたけれど、再び月が顔を出すと、覚悟を決めたように、月華の中へ踏み出してきた。

蘇芳がはっと息を呑む。

白くまろく秀でた額。凜々しくも優美な弧を描く眉。目元は涼しく、だが睫毛はふっさりとして、白い頬に長い影を落としている。すっと通った鼻筋の下、花びらのように薄い唇は月影に照らされて青白い。

……本当に生きていらっしゃるのかしら。

ばかみたいだけど、そう思った。本当は月の精だと言われたほうが、まだ腑《ふ》に落ちるかもしれない。「今光る君」のお名前が、これほど似合う方もいらっしゃらないだろうというご麗容だった。祭の日、日の下で輝くばかりに晴れ晴れしく威厳に満ちたお姿を拝見したけれど、この方は、宵闇の中にひそんでいらっしゃってもなお、内側から光る蛍のように、神秘的なお美しさを放っていらっしゃる。

「……失礼。どこかでお会いしたことがあったでしょうか」

ひそめていてもよく通る、涼しい、山のせせらぎのようなお声がおたずねになった。

「いいえ。賀茂祭の行列で、馬上のお姿を拝見しただけです」

「そうですか。……このような場所から申し訳ない。うっかり迷い込んでしまって……」

――と、おっしゃっているけれど、まあ、嘘《うそ》だろう。

今光る君のお住まいは、一条東洞院《ひがしのとういん》にある関白在継《ありつぐ》様のお屋敷だ。三条西洞院《にしのとういん》の
この大納言邸まで、そぞろ歩きでうっかり迷い込むほど近いわけではない。それに、藤
大納言邸はうっかり迷い込めるような築地のくずれなんてないし、ずさんな警備もしていない。今まさに、警護の武士や下男や犬に追われてきたこの方も、おわかりだろうと思うけど。

彼なら、堂々と表門からいらしてくだされば、お父様――は、政治的なお立場が難しいのかもしれないけれど、無碍《むげ》に追い返しはしないだろうし、お継母様なら大歓迎なさるだろう。なのに、こそこそと何をしにいらしたのかなんて、考えるまでもなかった。

ご随身の話を聞いてご興味をお持ちになったという、「藤大納言家の中の君」を垣間見ようと、忍び込まれたに違いない。

うーん、なんというか……。

行動自体は、言ってしまえば軽佻浮薄《けいちょうふはく》としか思えないのだけど、なんとなく、もう

ちょっと首尾よくことを運ばれそうな印象を勝手に抱いていたものだから、この騒ぎは少し意外だった。悄然《しょうぜん》となさって見えるから、普段はこんな失敗はなさらないのかもしれないけども。

「申し訳ない。こっそり屋敷から出られるところがありましたら、教えていただけないでしょうか」

「ええ、そうして差し上げたいのですけど……」

でも、通り抜けられるような築地のくずれが、屋敷のどこかにあったかしら？　意地悪ではなく思い浮かばなかった。うちも摂関家の見栄があるし、本物の賊が忍び込まないともかぎらないから、そのあたりはきちんとしている。

困っていると、横から蘇芳が口を挟んだ。

「姫様。今はおそらくどこから出ても警備の者が見張っています」

「ええ、そう、そうよね……」

困ったな。

ふと見ると、頭中将様は、足を少し引きずっていらっしゃるようだった。暗いからははっきりしないけど、お召し物もところどころ乱れているように見える。犬に追われて、命からがら逃げていらっしゃったのかもしれない。

「もしかして、おけがをなさっていらっしゃいますか?」

「すみません。汚さないようにしますので」

「いえ、それはかまわないのですけど……」

そうおっしゃるということは、血で汚しそうなほどの大けがなのだろうか。でも、それならなおのこと、こっそり抜け出すなんて無理じゃない?

そうこうしているうちに、表の庭のほうから犬の声と人の足音が近付いてきた。彼もわたしも、同時にはっとそちらを見る。

蘇芳と目を見交わし、心を決めた。

「どうぞ、こちらへ」

「いや、しかし、ご迷惑では……」

「今ここで見つかるほうが困ります。どうぞ、お早く」

「こちらです」

蘇芳が彼を廂《ひさし》へ招き入れる。焚《た》きしめられた香だろうか、橘のさわやかな香りが鼻をくすぐった。

彼が御簾の内にすべり込んだのとほとんど同時に木戸が開き、警護の武士たちが踏み込んでくる。

「失礼。お騒がせいたしております」

「いったい何の騒ぎですか？」

蘇芳がつんと澄ました声で抗議した。

「申し訳ありません。夜盗が忍び込みました。こちらのほうで人の声がしましたので、念のため確認させていただきに参りましたが……」

「こちらには何もわからず、ただおそろしい犬の声や怒鳴り声だけが聞こえるのですもの。胸がつぶれる思いで蔀戸を下ろしていたところです」

「あやしげなものは見ておられない？」

「万が一そんなものを見かけたら、真っ先にあなた方を呼んでいます」

毅然《きぜん》とした蘇芳の返事に、武士たちは「失礼しました」と頭を下げた。

「念のため、今夜は蔀戸を閉めておやすみください」

「そういたします。ご苦労様でした」

「失礼します」

武士たちが木戸から出ていくと、蘇芳はきっちり蔀戸を下ろして戻ってきた。わたしが塗籠《ぬりごめ》の中にいるのを確かめ、念のため目の前に几帳を立てて、廂の間に声をかける。

「そちらの方。もう大丈夫でございますよ」

「申し訳ない。すっかりご迷惑をおかけしてしまった」

恐縮した声音で、今光る君がおっしゃった。

「お気になさらないでください。おけがの具合はいかがですか?」

「少し転んだだけですので……」

遠慮なさっているけれど、おけがをなさっているなら、早く手当したほうがいいだろう。

騒ぎを聞きつけ、起き出してきたしのぶが、ようすを見に出ていってくれた。

「失礼いたします」

ごそごそと物音がして、今光る中将様が、「いっ……!」と、ひきつった悲鳴をおあげになった。なさけないお声だったものだから、つい笑いそうになってしまったけれど、やはりどこか痛めていらっしゃるらしい。

「しのぶ、どうなの?」

「お手とおみ足を擦りむいていらっしゃいますね。お召し物は泥だらけですが、おけがは大したことはありません」

「あらあら」

でも、けがはけがよね。「すぐにお湯と盥《たらい》をお持ちして」と、蘇芳に頼む。

「それから、何か、気持ちが落ち着く薬湯でも」

「いえ、そこまでしていただくわけには……」

ご遠慮なさる中将様に、わたしは「お気になさらず」とくりかえした。

「このように粗末なところで申し訳ありませんが、屋敷の中でもめったに人の近寄らないところです。ここにいれば見つかることはございませんから、ご安心してお休みください。そうしている間に、警護の者たちもあきらめるでしょう」

「……あなたは……」

呟き、頭中将様は居ずまいを正されたようだった。衣擦《きぬず》れの音ののち、あらたまった声でおっしゃる。

「夜中にお騒がせし、大変失礼いたしました。わたしは中務宮真道《まさみち》が子で、関白藤原《ふじわらの》在継《ありつぐ》の猶子、頭中将真幸《まさゆき》と申します」

「藤大納言の娘です」

そう言うと、彼は少し考えこみ、「物知らずで申し訳ないのですが」と前置きして、おたずねになった。

「藤大納言様には、何人か姫君がいらっしゃったはず……よろしければ、お名前をうかがっても？」

「中の君、謹子と申します」

「謹子殿」

今光る中将様の涼やかなお声に名を呼ばれるのは、なんだかふしぎな感動があった。蒸し暑い夏の夜に吹き込んできた風が、そっと頬を撫でていくような――。

「間違えていましたら申し訳ありません。あなたは、もしや、花の宮様の……？」

「その名はひさしぶりに聞きました」

お答えした声は、懐かしむ響きになっていた。

びっくりしたけど、でも、そうだ。頭中将様の実のお父様、中務宮様は、母とは異母兄妹にあたるのだった。

「なんと……」と、一度息を呑み、やや固いお声で今光る君はおっしゃった。この方が母をご存じでもふしぎはない。

「そうとは知らず、重ね重ねのご無礼、お許しください」

「本当に、お気になさらず。臣籍に下ったのは、わたくしの母も同じです。その母も今は亡く、わたくしも世に忘れられた身。お気遣いいただくことはありません」

そう申し上げると、しばし御簾の向こうに沈黙が下りた。

「お傷は痛みませんか」

たずねると、頭中将様は「いえ」とお答えになった。それから、「……いや」と、苦笑なさる。

「格好をつけても、つきませんね。こんな失敗は初めてです」

「家の者が申し訳ありません。犬までけしかけるだなんて、乱暴なことを」

「いえ、大納言様のお宅に忍び込んだわたしが悪かったのです」

さらっと「忍び込んだ」っておっしゃった！

「えっ」と声をあげそうになり、あわてて呑み込む。さっきは「迷い込んだ」とおっしゃっていたのに、やっぱり夜這いにいらしたんじゃないの。

あきれた気持ちになったけれど、お声にも話し方にも傲慢なところがないためか、なんとなく憎めない。

「忍び込んだ」理由まではお話しにならないで、彼はさりげなく話題を変えた。

「謹子殿は、いつもこちらにお住まいなのですか？」

「ええ。粗末なところでお恥ずかしいですが」

「そんなことはありません。確かに、すべてが真新しく豪華というわけではないようですが、こざっぱりとよく調えていらっしゃってくつろげます。ていねいにお暮らしになっていらっしゃるのですね」

「まあ、ありがとうございます」

お世辞だろうが、うれしくなって声がはずんだ。

この染殿の対での暮らしを、こんなふうにおっしゃってくださった方は初めてだった。蘇芳などは母がいた頃の暮らしぶりとくらべては、文句ばかり言っているし、お兄様もここで暮らすわたしのことを、気の毒でかわいそうだとお考えになっているのが伝わってくる。

でも、わたしは、染色や裁縫と同じように、この染殿の対での暮らしもまた、悪くはないと思うのだ。針も布も染草も、母を弔うための小さな阿弥陀如来様《あみだにょらい》も、必要なものはすべて手の届くところにそろっている。庭に立つ沙羅双樹は、春はやわらかな新芽を、夏は清楚な白い花を、秋にはあざやかな紅の葉をつけて、目を楽しませてくれる。

恨まず、羨まず、手の中の幸せを大切にして生きる——ここでの暮らしは、母の教えそのものだから。

うれしくて、ふふふと笑う。彼もお笑いになったようだった。

蘇芳とあかねは、まだ厨《くりや》から戻ってこない。夜も更けたので、湯の用意がなかったのかもしれない。

今のうちにと、お召し替え用の服を見つくろった。

家に仕える家人や女房、下男下女たちへの俸禄は、食糧の他、布帛《ふはく》を与えることも多い。布のこともあるけれど、多くの場合は主人たちが着た服を下げ渡す。ただ、お父様やお兄様のお召し物は束帯、直衣《のうし》、狩衣など。一方、下男たちの着る服は主に水干《すいかん》だ。したがって、その場で脱いだものを直接渡すのでなければ、縫い直す必要がある。この家では、それもすべてわたしの仕事だった。

お継母様からお預かりして縫い直していた水干から、こぎれいなものを選び出した。本来、宮家のお生まれの頭中将様、しかも関白様のご猶子が身につけるものではない。露顕すれば、「今光る君になんてものを」とお叱りを受けるかもしれないけれど、濃紅に紫を重ねた紙燭の襲の水干は、きっと夜目にもまぎれやすいだろう。

「よろしければ、お帰りの際にはこちらの服をお召しください」

几帳の端から差し出したものを、しのぶが受け取り、中将様に渡してくれた。

「いただいてしまってよろしいのですか」

「ええ。粗末なもので申し訳ありませんが、おそらくそのほうが人目につきにくいでしょう」

「何から何まで、ありがとうございます」

彼が受け取ってくださったところで、ようやく蘇芳が薬湯の盆を、あかねが湯を張った盥を持って戻ってきた。手巾として使っている端切れの中から、新しくきれいなものを選んで差し出す。

「どうぞ、こちらも必要なだけお使いになってください」

「ありがとう」

しのぶから手巾をお受け取りになった頭中将様は、泥だらけになっていた狩衣をお脱ぎになり、単《ひとえ》一枚になられた。紙燭のほのかな明かりに浮かび上がるお姿に狼狽《ろうばい》し、あわてて扇で顔を覆う。

だって——だって、単だ。単。言ってしまえば、「見えてもいい下着」みたいな、内向きのくつろぎ着。近頃では、お兄様だってこんなお姿を見たことはない——というか、大人になってから、こんなに近くに、お父様、お兄様以外の男の方がいらっしゃったこともない。なのに、いきなり単姿だなんて——。

あらためて今の状況に思い至り、今さらながらにどきどきしてきた。うわぁ……。

わたしがうろたえ、赤面しているうちに、中将様はしのぶの手を借りて、擦りむかれたという手と足の傷をお洗いになり、布をお当てになっていた。

わたしにも薬湯を持ってきてくれた蘇芳が、一人、塗籠で真っ赤になっているわたしを見て目を丸くし、声を出さずににんまりと笑う。もう！

視線をそらし、蘇芳が用意してくれた薬湯を口に運んだ。干した梅の実を湯で戻したものでさわやかな香りがする。添えて出された枇杷《びわ》は甘く、ばたついていた気持ちも少し落ち着いた。頭中将様も、お召し替えをすまされたようだ。

「さっきから気になっていたのですが、こちらのお部屋は、たいそう落ち着く香りがしますね」

ふいに、そんなことをおっしゃった。

褒めてくださるのはうれしいけれど、しばらく香は焚いていない。思い当たることといえば。

「もしかして、染草の香りでしょうか。今日は染めものはしておりませんけれど、ここには染草もたくさんあるので」

すると、頭中将様は興味深そうなお声になった。

「あなたが染めものをなさるのですか？」

「ええ。染めものも縫いものも好きなんです」

「ではやはり、あの褐衣も、あなたが……？」

「『あの』……？」

何のことかと思ったが、すぐにわかった。

「新しいご随身の褐衣のことでしょうか？」

「ええ、そうです」

「確かに、あれらもわたくしたちが作りました」

「そうでしたか……！」

ずっとひそめていらっしゃったお声が、思わずといったように大きくなった。

几帳の風穴から、頭中将様がご自分のお声にあわてたように、手で口をふさがれているのが見える。そんなふうになさりながらも、目元はうれしそうにお笑いになっていらっしゃった。まるで無邪気な子供のよう。翳《かげ》りなく輝く笑顔に、こちらまでうれしくなってしまう。

頭中将様は、身を乗り出すようにしておっしゃった。

「あの褐衣の染めは、本当にすばらしい。どなたがお作りになったのか、ずっと知りたいと思っていたのです」

「ありがとうございます。たいそうお褒めくださっていたと、兄からも聞きました」

「蔵人少将《くろうどのしょうしょう》殿ですね。彼も、藤大納言様も、いつもすばらしい装束をお召しになっていらっしゃる。染めも、針目も……」

深くうなずき、頭中将様は何か納得なさったようだった。

「……そうか。わたしが探していたのは、あなただったのですね」

「わたくしを……？」

慈子様の間違いではと、喉元まで出かかった。それを再び呑み込んだのは、どんな気持ちのはたらきだったのか……。ずるいことをしているような後ろ暗さを感じたけれど、わたしは見て見ないふりをした。

そうとはご存じない頭中将様は、大変感激なさっているごようすだ。

「藤大納言家の織姫。あなたにお会いしてみたかったのです」

「もったいないお言葉です」とほほ笑んだ。

「日々随身は数多く目にしますが、廣行……わたしの随身ですが、彼の褐衣ほど深く美しい褐色は見たことがありません。連れて歩くと、わたしまで褒められます。ちょうど今夜のような、月のない夏の宵闇に似た美しさで……あまりに美しかったので、頼んで一着借り受けたのです。どうしても母に見せたくて」

「まあ、由子様に？」

思いがけないことに驚いてしまう。

「わたしの母も、染色と裁縫がたいそう好きなのです」

「存じ上げておりますわ」

祭の日、この方がまとっていらっしゃった魅惑の黒。美しくまとめあげられた藤の桟敷。忘れようにも忘れられない。直接お会いしたことはないけれど、あの日から由子様は、わたしのひそかなあこがれのお方だ。

「ずいぶん驚いておりました。この褐色を染めた方に会ってみたいと」

「まあ……」

感激に声がもれた。

「実はわたくしも同じことを思っていたのです」

「あなたも？」

「ええ。頭中将様が祭の使《つかい》をなさった折、お召しになっていらっしゃった束帯の黒。あのつややかに光る漆のような黒染めの方法を、是非ご教授いただきたくて」

ついつい興奮に声が高くなってしまう。

──と、ふいに、中将様は、おかしそうにくすくすと笑いだされた。何かおかしなことを言っただろうか？

「……いや、失礼」

笑いすぎて涙のにじんだ目元をぬぐいながらおっしゃる。

「それが、祭の使をしたわたしをご覧になってのご感想ですか？」

「……？　ええ。とてもご立派なお姿で……とくにあの見たこともない威厳に満ちた黒の袍《ほう》。ご自身のうるわしいお姿をさらに神々しく引き立てていたのが、ずっと気になって、忘れられなくて………あの、わたくし、何かおかしなことを申し上げているでしょうか？」

「いや、……うん。あなたは実に興味深い方だ。きっと、母上とも気が合うでしょう」

ひとしきりお笑いになって、中将様は冷めた薬湯をお飲みになった。うつわの水面に視線を落とし、呟かれる。

「そうか……この対の香り、我が家の染殿と似た香りがしているのです」

「あら、そうなのですか？」

「ええ。幼い頃、産みの母と一緒に里下がりをした際に、今の母の染殿を見にいくのがとても好きだったのを思い出しました。なつかしく、心が落ち着きます」

お話をうかがって、わたしもまたなつかしく、うれしい気持ちを思い出した。

「わたくしもそうでした。染めものや縫いものを楽しそうにする母にまとわりついて、いつもこの染殿の対についてきて……。もうはかなくなってしまいましたが、染色や裁縫の基本は、母から教えてもらったのです」

頭中将様は、「そうなのですね」とうなずかれ、それから、あらためておたずねになった。

「もしよろしければ、あの褐色の染め方をうかがっても？」

「はい。藍染めや縹染めと同じく、蓼藍の生葉を染草にするのですが、染める際、ただ布を液に浸すだけでなく、臼に入れ、上から杵で搗くのです。何度もそうして搗いて染めて洗ってをくりかえすうちに、あのように黒光りするような濃い青に染まります」

「なるほど。臼と杵で搗く、ですか」

「はい。そこにいるしのぶは、わたくしよりも詳しいので、もしもっと詳しいことをお聞きになりたければ、彼女におたずねくださいませ」

「ありがとう」と、中将様はうなずかれた。

「袍の黒染めについては、お教えしていいのか、母に聞いてみなければなりませんが
……」

「ええ、あれだけすばらしい染めですもの。簡単に他人に教えるわけにはいかないでしょう」

「もし、母が良いと言えば、あらためてお伝えします。よろしいですか？」

「楽しみにお待ちいたしております」

心からそう答えた。

いつしか表は静かになっていた。警護の武士たちもあきらめたのかもしれない。

今光る君は、もうお帰りになってしまうだろうか？

そう思ったら、突然、すごくさみしくなった。

この六年間、わたしの日々の営みは、ずっとこの対の中で閉じていた。しのぶと、蘇芳と、あかねと、わたし。たまにお兄様の訪れはあっても、お帰りを寂しいと思ったことはない。家族だからか、それともまた来てくださると無意識に思えていたからか——。

でも今、わたしは、すごく、さみしい。

今光る頭中将様は、今夜一晩、何かの間違いで空から落ちてきた月のようなものだ。黒染めのことがあるから、もしかしたらお手紙くらいはいただけるかもしれないけれど、こうしてお会いすることはきっともうない。最初は緊張したけれど、お話しするのも楽しくなってきていたのに……。

もう少しだけお留《とど》まりいただきたい。けれども、そのための言葉をわたしは持たない。

それでも何か言おうと口を開きかけたとき、ふと頭中将様が和歌を口ずさまれた。


あふひ草かざす社に見し花の　香をかぐはしみ求《と》め来たりけり

双葉葵を頭に挿頭《かざ》して祀《まつ》る賀茂の社で見た花、その花がとてもかぐわしくすばらしかったので、探し求めてここまで来たのです――。

なんだろう。単純な歌のようだけれど、たぶん、それだけではない。まるで謎かけ。そこに込められた意図をくみ取ろうと、必死で思考をめぐらせる。

「花」といえば一般には桜だけれど、この歌では違うだろう。「あふひ草」と関係の深い「社」といえば賀茂の社だし、「香をかぐはしみ」というのは神楽歌からの引き歌だから、賀茂祭の日の出来事を指している。

賀茂祭で、中将様がご覧になった「花」――暗に女性を指しているのだろうけど、でも、そんなの、あの見物の人出では、ごまんといるに違いない。その中で「花」と喩えられているのは誰か――だめだ、わからない。

――ふと、これはその「花」こそが核心なのではないかと思った。彼が「花」と呼ぶ人が誰なのか、その相手であればわかっているということでは……？

ならば――。

唇を湿らせ、詠み返した。

名にしおはば頼みて待たむあふひ草　卯の花の香の人に届くを

──「逢う」という言葉を名に持つのですから、その双葉葵を頼りにしてお待ちいたしましょう。わたしが襲として身につけ、牛車に飾っていた卯の花の香が、双葉葵を挿頭にしていらっしゃったあの方に届いて、いつか「逢う日」が訪れますように。

あの日、薫る風のいたずらで拝見したご麗容を、わたしが忘れられなかったように、あなたも垣間見たわたしを覚えて、さがして来てくださったのなら──。

「やはり、あなただ」

そうおっしゃった中将様が、几帳を押しのけていらっしゃった。

揺らぐ紙燭の光の中でも、粗末な水干をお召しになっていらっしゃっても、ほのかに光るように美しくていらっしゃる、「今光る君」。

「わたくしでしたか？」

ほほ笑むと、彼はわたしを抱き締めて、「あなただ」とくりかえした。

「織姫──謹子殿」

五　秘色の狩衣

秘色《ひそく》――「秘する色」という名の襲がある。

秘色とは、元々、唐で作られた磁器の色のことだそうだ。透きとおる翡翠《ひすい》のように美しい青緑色のそのうつわを、唐では宮廷でのみ用い、庶民の使用を禁じたという。だから、「秘密の色」、「秘する色」で、「秘色」。

そう言うと、なんだか味気ない気もするけれど、きっとそのうつわがあまりにもきれいだったから、唐の皇帝も独り占めしたくなってしまったのだろう。その気持ちはわからないでもない。人は、自分の好きなもの、大事なものは、独り占めしたいと思うものだ。できるかどうかは別として。

その磁器と同じ、灰色をおびた薄青を、この国では「秘色」と呼ぶ。襲では、その色を再現するために、瑠璃《るり》色の表地に、薄色――灰色をおびた薄紫か、淡緑の裏地を重ねる。こちらは少し暗い色目だ。元々の磁器にも色の濃淡はあるらしいから、きっとこれでいのだろう。

今光る君――頭中将真幸様《とうのちゆうじようまさゆき》があの夜お召しになっていた生絹《すずし》の狩衣は、秘色の襲だった。やや暗いお色目だから、宵闇にまぎれての夜這いにも都合がいいとお考えになったのかもしれない。

その狩衣は、今、わたしの手の中にある。

あの夜から数日が過ぎた。あの日、光る中将様がお隠れになっていらっしゃった沙羅双樹の木では、椿に似た清楚な白い花が満開になっている。

――本当に、あそこにあの方がいらっしゃったのかしら。

今思い返しても、やっぱり、月が落ちてきた夢を見たのじゃないかと思う。あの方が秘色の狩衣を残していってくださってよかった。おかげで、本当にあったことなのだと信じられる。

あの翌朝、屋敷がまだ暁闇《あかときやみ》に沈んでいるうちに、光る中将様はここをお発《た》ちになった。わたしが差し上げた紙燭《しそく》の水干をお召しになって。

前夜の騒ぎがあったので、ご本人が見つかるのはもちろん、人目につく使《つかい》も避けたい。彼のご名誉のためにも、前夜の不審者が、かの光る頭中将様だと露顕するのは、なんとしても避けたかった。

さまざまなことを考えて、「後朝《きぬぎぬ》の和歌はご遠慮申し上げます」と言ったわたしに、中将様は少しお考えになって、この狩衣をくださった。

逢ひ見ての朝の別れのつらければ　きぬぎぬをだにともに残さむ

――あなたとお会いし、ともに重ねかけて寝た互いの衣を取って帰らなければならない朝の別れがつらいので、せめて衣だけでもともに残しておこうと思います。

「かならず、また」

そうおっしゃってお帰りになった今光る君のお声が耳に残っている。

……うー、なんかもう、思い返すにいたたまれない。

熱くなった頬を両手で冷やす。やっぱり胡蝶《こちょう》の夢だったんじゃないの――と思っては、膝の上にある秘色の狩衣を見て事実だと確かめる。そんなことを、もう何回くりかえしただろう。

思い出せばきゅんとするし、もちろんまたお会いしたいなぁと思うのだけど。でも、あのお言葉を信じているかといえば、そうとも言えるし、そうでないとも言えるのだった。

信じたい――でも、そう思うということは、わたしは本心ではあの方を信じられないのかもしれない。

今をときめく今光る君は、おそらく元々は妹の慈子《あつこ》様を、「大納言《だいなごん》家の中の君」――うわさの「織姫」だとお思いになって、垣間見にいらっしゃったのだ。もしかしたら、祭の日に垣間見たわたしのことも、おさがしになる過程で慈子様だと思い込んでいらっしゃったかもしれない。

あの由子《よしこ》様のご猶子だから、お召し物にご興味がおありなのは本当だろう。ご随身の褐衣《かちえ》の染めや、お兄様のお召し物の仕立てを褒めてくださったお言葉も、ご本心だろうと思う。

でも、だからといって、それらを作った「織姫」に即ご関心をお寄せになり、あまつさえ夜這いをなさる――言葉を選ばずに言ってしまえば軽薄なお振る舞いは、まあ、おもてになるんだろうなと思わずにはいられない――というか、事実、京中の女にもてていらっしゃる。

わかっている。彼にとっては、あの夜のことは、きっと数ある恋の一つに過ぎない。

わかっていて、彼を部屋に上げたのはわたし。お帰りを寂しいと思ったのもわたし。お求めを拒まなかったのもわたしだ。

だから、彼を責めるつもりは毛頭ないし、後悔もしていない。もしこのご縁が続くならうれしいけれど、あまり期待しすぎないでいようと思う。

思っていて――それでも、秘色の狩衣にほのかに残る橘の香を嗅げば、またお会いしたいと願わずにはいられないし、「また」っていつよと思ってしまうのだけれども。

「……『逢ひ見ての後の心』が厄介だって、本当それよね」

秘色の狩衣を膝に広げて呟くと、あかねがなんともいえない顔でわたしを見た。

逢ひ見ての後の心にくらぶれば　昔はものを思はざりけり――『拾遺和歌集《しゅういわかしゅう》』の恋の歌だ。「以前もあれこれ悩んでいるように感じていたけれども、こうしてあなたにお会いして、またお会いしたい、いつお会いできるだろうか、あなたは会ってくれるだろうか、どのくらいわたしを好きでいてくれているだろうかと思い悩む今の乱れた心にくらべたら、あの頃の物思いなど、ないに等しいものでした」――本当そのとおりで、思わず苦笑がもれてしまう。

わたしなんて、あの夜以前は、恋愛に興味が持てないだの、結婚に夢が見られないだの、一生裁縫をしていられればいいだの、さんざん言ってきたというのに、一夜でこのありさまだ。いたたまれない。でも、その頃の思いを忘れてしまっていないから、いたたまれない思いをしながらも、冷静でいようと思えるのだ。

今光る君の名誉のためにも、この家でのわたしの立場的にも、わたしたちの恋は、「秘色」の色の名のように、秘めたるものでなければならない。

「姫様は、今光る君が、お約束を違《たが》えるとお思いなのですか？」

あかねの質問に、わたしは「さあ、どうかしらね」と答えた。

「信じたいとは思っているわ」

「わたくしは、頭中将様は本気でいらっしゃると感じました」

「だったらいいとも思っているし、少なくともあの夜は本気だったと思うわよ」

わたしが笑うと、あかねもほっとしたように笑った。

「お素敵でしたね。今光る君」

「そうね。恋多き方だとわかっていたはずなのに、実際にあの方を目の前にしたら、自制も何もかも飛んでいってしまったわ。わたし、紫のゆかりの物語を読んでも、女君たちの気持ちがいまいちよくわからなかったんだけど、あのお話の登場人物たちが、口をそろえて光る源氏の君を『尊い』って言う感覚、やっとわかった。あれはもう、そうとしか言いようがないのよ」

「姫様ったら」

顔を見合わせて笑う。うれしい。わたしにとってのあかねは、お姉様や慈子様よりずっと身近で、本物の姉妹らしい存在だ。あかねがうれしそうなら、わたしもうれしい。

わたしたちのやりとりを、蘇芳《すおう》がやんわりとたしなめた。

「姫様。頭中将様は、『かならず、また』とおっしゃっていたではありませんか」

「あいまいなお約束よね」

「姫様」と、今まで黙って聞いていたしのぶが口を開く。慈しみとほほ笑みをたたえた声と、ゆっくりとした口調で、噛《か》んで含ませるように言った。

「確かに、この世は憂きことも多うございます。男女の仲ともなればなおさらです。けれども、たとえば礼子《あやこ》様は、お幸せではなかったでしょうか？　大納言様に降嫁なさって、姫様をお産みになったお母様は、姫様には、愚かで憐《あわ》れな方に見えましたか？」

「……いいえ」と、首を横に振る。

今までそんなことを考えたことはなかった。でも。

「そんなことはなかったわ。時々、お寂しそうにはなさっていたけど……」

「そうでございましょう。わたくしには、姫様を授かられてからの礼子様は、前にもまして気高く、お美しく、生き生きと幸せそうに見えました」

「……そうね。お母様は、いつも明るく、気高く、ほがらかで……わたしにもお幸せそうに見えた」

「そうでございましょう」

しのぶはにっこりうなずいた。

「でも、お父様と賢子《まさこ》様が親しくしていらっしゃることは、お母様もご存じだったでしょう？」

「ご承知でございました。ご自分が亡くなられたあとには、賢子様を北の方にとご指名になったのも、礼子様でございます」

「……初耳だわ」

蘇芳が説明を引き取った。

「宮様は、お亡くなりになる数日前、大納言様にそれまでの御礼をお伝えになり、自分がはかなくなった後には、賢子様をこの屋敷にお迎えになって、ともに姫様をご養育くださるよう、ご遺言なさったのでございます」

「……そうだったの」

その遺言が正しく果たされているのかについては、正直どうなのかしらと思わないでもない。今のこの状況の諸悪の根源は、お父様にあるとも言えるのに、お父様ときたら、お継母様にご遠慮なさって、お兄様ほどもわたしに心を砕いてはくださらない。男としても、父としても、なかなか最低だ。

けれども、もし今のお継母様でなく、もっと意地悪でさもしい方が、今北の方として この家に来ていたら？　もし、新しいお継母様が、わたしを家から追い出したり、飢えさせたり、もっともっとひどい意地悪をなさるような方だったら、わたしはいったいどうなっていただろう――？

そう考えると、母の正妻としての矜持も、最期までわたしにとっての最善を考えてくださったのだろうということも、よくわかった。

――恨まず、羨まず、手の中の幸せを大切にして生きること。

最期の枕辺で聞いた母の教えは、もしかしたら、母自身の心がけだったのかもしれない。

比喩《ひゆ》ではなく、まさに雲居の上からこの家に降嫁なさった母にとって、世の中はきっと憂きことでいっぱいだっただろう。それでも、恨まず、羨まず、手の中の幸せを――わたしを、しのぶや蘇芳たちを、彼女たちとする染色やお裁縫の時間を、お父様とのご関係を――一つひとつ大切になさって、生きていらっしゃったんじゃないだろうか。

お継母様にしても、わたしをもっと徹底的にいじめ抜こうと思えばできるところを、そうなさらないのは、母の遺言があるからかもしれない。そのうえで、ご自身のお子様方と、わたしへの態度が違うのは、また別の感情ゆえだろう。そのお気持ちですら、今となっては、わかりかけているような心地がする……。

「……わかったわ。今光る君とのご縁がどうなろうと……たとえ恋の闇に苦しもうと、愚かで憐れとはかぎらないし、わたしの気持ちのあり方次第で、幸せにも、不幸せにもなるということね」

「さようでございます」

しのぶはゆったりとうなずき、付け足した。

「とはいえ、わたくしには、このご縁、それほど悲観的になる必要もないように思われます」

「あら、どうして？」

わたしの疑問に、しのぶは、ふふふとやわらかに、含んだように笑うだけだった。


――そんな話をしたのが二日前。

長雨もとうとうやみ、蟬《せみ》の声が盛んになる頃、染殿の対にめずらしいお客様があった。

さやさやと衣擦れの音を立てながら、渡殿をお渡りになっていらっしゃったお継母様は、開口一番、「謹子《ちかこ》さん」と、わたしを呼んだ。

「こんにちは、お継母様。今日は暑くなりましたね」

わたしがそうご挨拶申し上げると、お継母様はくっきりとした眉をかすかにお寄せになった。この方が不機嫌なのは、わたしにとってはいつものことだ。おそらく、わたしが何を申し上げても、お継母様には不愉快なのだった。

お継母様は、ご挨拶もなく切り出された。

「お聞きしたいのだけど、あなた、いつの間に関白様の北の方様と親しくお手紙を交わす仲になったのです？」

「え……？」

とまどって、首をかしげる。「関白様の北の方様」——由子様のことかしら？　親しくなった覚えはないのだけど。

お継母様はいらいらと、手にしていらっしゃった薄様の染紙をこちらへ突きつけた。

「あなた宛にお手紙が来ているの。関白在継《ありつぐ》様の北の方様、由子様からよ」

「……中をご覧になったんですか？」

あきれた気持ちが、つい口からこぼれてしまった。

お継母様は眉をつり上げなさったけれど、怒りたいのはこちらのほうだ。いくら家族でも、他人宛の手紙を勝手に読むのはおかしい。

けれども、お継母様はお謝りになるでもなく、鼻を鳴らして、「どういうご関係かと聞いているのよ」とおっしゃった。困った方だ。

でも、このごようすなら、たぶん、頭中将様のことはお気づきではないのだろう。もし、由子様からのお手紙に、何か頭中将様に関わることが書かれていたら、きっとこの程度ではすまされない。

用心しながら言葉を選んだ。

「……とある方が、由子様と親交があるとうかがいまして……。お継母様もご存じかと思いますが、由子様は染色とお裁縫がたいそうおじょうずでいらっしゃるそうではないですか。是非お話をうかがってみたいと思い、ご紹介いただけないか、その方にお願いしたのです」

「あなたはまた、勝手なことを……」

これ見よがしにため息をつき、お継母様はがみがみとお続けになった。

「お父様が在継様とどういうご関係か、あなたはおわかりになっていらっしゃらないのですか。お父様がなんとかしてご出世なさろうとお仕事に励んでいらっしゃるときになんですか、あなたは、その競争相手の北の方様と親しくなさって」

——というのが、お継母様のご主張だけど、どうかしら。お父様が、前関白の子にもかかわらず、大納言から先に出世できない理由があるなら、お継母様のお父様でいらっしゃる、右大臣のお祖父様のご存在も大きいと思う。要は上がつかえているのだ。先日の頭中将様のごようすを拝見していても、少なくとも現関白家では、お継母様が思っていらっしゃるほど、こちらを敵視しているわけではないのでは……と思ったが、「申し訳ありません」と言うに留めた。

だけど、今日のお継母様は特別虫の居所がお悪かったらしい。「その顔」と、憎々しげに吐き捨てた。

「本当にかわいげのない……！　あなたは母親にそっくりですよ。どんなことをしてもいつも涼しい顔をして、人のことを心の中で見下して……最期には、わたくしを後妻になどと余計なことを言い残して死んだ母親にどんどん似ていらっしゃる！」

般若《はんにゃ》のようなお顔だった。もしかしたら、ぎりぎりと噛みしめているその奥歯で、わたしを噛み殺したいとお思いになっていらっしゃるのかもしれない。

「恨まず、羨まず」――母の教えどおりに生きることの、なんて難しいこと。

その瞬間、わたしの胸にあったのは、驚きと、少しのおそれ、それから、なぜかお継母様をお気の毒に思う気持ちだった。

けれども、きっと、お継母様はそんなことをお望みではないだろう。年々生前の母に似てくるわたしを憎み、お目に入れたくないというだけだ。

余計なことは言わず、ただ平伏して、「申し訳ありません」と申し上げた。

お継母様はまだご不満そうになさっていたけれど、わたしに謝らせて、一応はご納得なさったらしい。由子様からのお手紙と、一緒に送られてきたという包みをこちらへ渡してくださった。

「早くお返事なさいませ」

吐き捨てて、母屋のほうへお戻りになっていく。

しん……と耳の痛くなるような静寂ののち、誰からともなく、ふっと安堵のため息がもれた。

「……びっくりしたわね」

あかねは、緊張の糸が切れたように、その場にへたり込んでしまっている。

「すっごいこわかったです。もうばれたかと思いました」

「わたしも」

苦笑しながら、家族の誰にも言えない恋に、少しだけ胸が痛んだ。

あちらは気にしていらっしゃらなくても、こちらは違う。頭中将様とのことは、お継母様はもちろん、お父様にも、お兄様にも言わないほうがいいのだろう。たとえ悪いことはしていなくても。母が生きていたら何とおっしゃってくれただろうと、思わないではいられない。

「由子様は、何と書いていらっしゃったのですか?」

蘇芳にうながされ、美しい常磐緑《ときわみどり》の薄様を開いた。

やわらかく、すこぶる品のいいご筆蹟《ひっせき》でのお手紙は、ごていねいなご挨拶から始まっていた。

い、い、いたまたまご縁があって、わたしが作った褐衣をご覧になったこと。そのすばらしい褐色と、美しい縫い目に深い感銘を受けたこと。賀茂祭の日の藤大納言《とうのだいなごん》家の桟敷のしつらいも、よく覚えていらっしゃるということ……。「あなたに衣装を作ってもらえる家族は大変幸せですね」と、言葉を尽くして褒めてくださっている。

ここまで読んで、胸がいっぱいになってしまった。薄様の上の水茎の跡を指でたどる。たとえ家族に疎まれても、こうしてやさしくしてくださる方もいらっしゃるのだ。

涙でにじんだ視界で、続きを読んだ。

褐色の染めの技法を教えたことへの、大変ごていねいなお礼のお言葉。と、とある筋から、わたしが黒染めの方法を知りたがっているとお聞きになったこと——。

「ねえ、この『とある筋』って……」

「今光る君以外にいらっしゃいませんよ」

「……そうよね」

あの方は、お約束どおり、お母様にわたしのお願いを伝えてくださったのだ。それがこうしてわかっただけで、胸がいっぱいになってしまう。なんだかんだと言ったところで、わたしはやっぱりあの方に惹《ひ》かれているのだ。思わず衣の上から胸元を押さえた。

お手紙の後半には、おたずねした黒染めの方法が子細に記されていた。その染草を少しだけ包むこと。もし必要であれば、あらためてお分けくださるおつもりがおありなこと。わからないことがあれば、遠慮なく聞いてほしいということ……。

「ご親切すぎて、もったいないくらいだわ」

「本当に」

蘇芳も感激の面持ちでうなずいている。

最後に由子様は、「いつかあなたにお目にかかって、染めものやお裁縫のお話がしたく存じます」と書いてくださっていた。

「『元典侍《ないしのすけ》殿は、まだそちらにいらっしゃるのでしょうか。いらっしゃいましたら、よろしくお伝えくださいませ』……？」

結びの言葉に、しのぶを見る。しのぶは、にっこりとほほ笑んだ。

「お変わりなさそうで、なによりです」

「あなた、由子様と知り合いだったの？」

そういえば、賀茂祭の見物の際にも、ちらりとそんなことをほのめかしていたと思い出す。先日、悲観的にならなくてもいいと言っていたのは、そのことも理由だったのかもしれない。

「宮中におりました頃に、少し」

詳細は語らず、しのぶはにこにことうなずいた。

「なるほど、あの黒は藍の下染めと檳榔子《びんろうじ》でしたか」

「檳榔子……」

由子様がくださった染草の包みを開いてみる。中から出てきたのは、ぶどうの粒ほどの大きさの見慣れぬ木の実だった。白い表面を紫の網目模様が覆っている。

「これが檳榔子？」

「さようでございます。檳榔毛《びろうげ》の車はご覧になったことがおありでしょう。あの牛車の屋根に葺《ふ》いてあるのが檳榔樹の葉を裂いたもの。この檳榔子は、その木の種です。遠き南の国でしか採れない大変貴重なものでございますから、染草としてはあまり有名ではありませんが……」

「まあ、そうなの」

知らないことがまだまだあるものだ。

「それで、藍で一度青く下染めして、その上から檳榔子の黒をかける？」

「そのようですね。藍の下染めは思いつきもしませんでした」

そう言うしのぶの声は、いつになく弾んでいる。もちろん、わたしもわくわくした。

「今すぐやってみたいけど、貴重なものなのよね」

由子様には、檳榔子をお譲りくださるおつもりがおありのようだけど、今束帯などの黒染めを言いつけられているわけではないし、そこまでお願いするのはずうずうしい。

しのぶが、にっこりとうなずいた。

「なんとか手に入るよう手配してみましょう。大納言様たちの新年のお召し物をお仕立てする頃に間に合えばよろしいですね」

「ありがとう。お願いするわ」

さっそく筆と紙を取り、由子様にお礼のお手紙をしたためた。

檳榔子のお礼を何かと思ったけれど、うちより栄えていらっしゃる家の北の方様に差し上げられるものなどない。虚飾を避け、ていねいなお礼を重ねて結んだ。

庭に下り、沙羅双樹の枝を折る。

「しのぶ。こちらを由子様にお届けしてきてちょうだい。くれぐれもよくお礼を申し上げてね」

白い花に結んだ手紙を、しのぶに託した。

しのぶは、宮仕えしていた頃のことを、あまりわたしに話そうとしない。蘇芳も、母もそうだった。雲居はもうはるか遠い場所になったのだから、と。

けれども、わざわざ消息をおたずねになるくらいだ。理由はわからないけれど、由子様はしのぶのことがお気にかかっていらっしゃるのだろう。

であるならば、しのぶがこれをお持ちするのが、わたしにできる、由子様をもっとも喜ばせられる方法のような気がした。

そうして由子様とのお手紙のやりとりが始まった。

最初は一度きりだと思っていたのに、由子様のほうから、折につけてお手紙をくださる。互いに返事を急ぐわけでもなく、お手紙の内容は、染色のこと、裁縫のこと、四季折々の催しとその装束のこと……。「使い勝手のいい唐の針が手に入ったので」と、お裾分けを頂戴することもあった。最近では、お継母様も由子様からのお使はそのまま通してくださっている。まあ、それが普通なんだけど、今まで普通じゃなかったのだから、この変化はありがたいことだ。

一方で、そのご令息様からは音沙汰ないまま、月はあらたまって六月《みなづき》になった。

例年六月一日は「氷の節句」といって、氷室《ひむろ》開きが行われる。宮中でも、貴族の私邸でも、西賀茂《にしかも》や岩倉《いわくら》、貴船《きふね》、八瀬《やせ》などに作った氷室から氷を切り出し、暑気払いに食すのだ。

この日に氷を口にすれば夏痩《なつや》せをせず、健康に夏を越えられると言われている——が、東の対の女房がわたしのところへ運んできたのは氷ではなく、大量の絹だった。これで六月と秋の服を作れとおっしゃる。

「今回は量が多いのね」

単純に驚いただけなのだが、お継母様付きの女房たちは、わたしが不満を言ったと解釈したらしい。ひややかな目つきでわたしを睨んだ。

「近頃、慈子様に良いご縁があったのです」

「お相手の方とは、まだお手紙のやりとりをなさっていらっしゃるだけですけれど、そのうちお通いがあるかもしれないので、今のうちに調度やお衣装をお誂えになっていらっしゃるのですわ」

ご縁談の一つもないあなたには関係ない話だけど、と、思っているのが、しっかり伝わる表情と口調だった。

お継母様もこの人たちも、どうしてこういう意地の悪い感情を平気で表に出してしまえるのだろう。自分でいやになったりしないのだろうか。それこそ、わたしには関係のない話だけれど、「恨まず、羨まず」の教えは、何も心の有り様だけのことではないのだとつくづく思う。

「そうなの。それなら、夜の灯《あか》りに映えるお色目がよろしいかもしれないわね」

わたしの言葉には答えず、女房たちは、「それでは、よろしくお願いします」と言い置いて、部屋を出ていった。

「慈子様にご縁談ですって。お早いわねぇ」

十四歳。昨年裳着《もぎ》をすまされて成人なさってはいるけれど、まだ適齢期にさしかかったばかりだ。わたしなど、蘇芳に花の散り際に喩えられているというのに。

「お相手はどなたなのかしら」

ご本人がお若いにもかかわらず、こうしてちょっと先走りすぎなくらいご準備なさるということは、お継母様もこのご縁談に乗り気ということだ。よほど良いご縁なのだろう。

「……いいわね、羨ましい」

あふれるように、思ってしまった。口にしてから、愕然《がくぜん》とする。信じられない。このわたしが。恋に興味がない、結婚に夢を見られないと言っていたわたしは、本当に、どこに行ってしまったの。

あわてて、母の教えを口に唱える。

「『恨まず、羨まず、手の中の幸せを大切にして生きること』」

「姫様……」

あかねが気遣わしげにこちらをうかがった。

笑ってごまかそうとして、失敗した。なさけない。だけど、自分で自分をじょうずにごまかせるほど、わたしはまだ大人ではないみたいだ。

——「かならず、また」とおっしゃってくださったのに。あてにはならないと思いながらも、信じたいとも思っていたのに。

お会いしてから数日は、誰かがお手紙を預かってくるのではないか、夜になったら闇にまぎれてあの方がいらっしゃるのではないかとそわそわしていたけれど、近頃ではそれもやめてしまった。やはり、あの夜のことは、今光る君にとっては、数ある恋の一つに過ぎなかったのだ。

「ごめん。縫いましょう。こういうときこそ縫いものよ」

母の形見の裁縫道具を取り出した。お裁縫が趣味でよかった。落ち込んでも、好きなことに没頭していれば、いやなことも忘れられる。

もう六月。すぐにも入り用の薄物から取りかかった。可憐な花鳥唐草の丸紋が散らされた白の紗があったので、表着《うわぎ》に仕立てることにする。

夏のあいだだけ着られる薄衣が、わたしは好きだ。生絹よりもさらに薄く、美しく向こうが透ける風合いがとても素敵で、夏しか着られないのはもったいないといつも思う。来月はもう秋だけれど、秋の初めだって六月と同じくらい暑いし、襲の色目だってまだまだ白っぽいものも残る。だったら、薄物だって着ればいいのに。

でも、着られる時期がかぎられているからこそ、その涼やかさが人の心を惹き付けるのかもしれなかった。かぎられた時期にしか見られないものに、人は惹かれる。春の桜の花のように。盛りと装う乙女のように――。

これをお召しになった慈子様が、御簾の奥にいらっしゃるお姿を想像する。同じ屋敷に住みながら、お目にかかったこともないけれど、お継母様やお兄様のお言葉からうかがい知るかぎりでは、可憐で素直でおかわいらしい方のようだ。この表着の下に撫子《なでしこ》の襲でもお召しになったら、白の紗に蘇芳が透けて薄紅梅のようなお色になって、きっとよくお似合いになるだろう。大殿油《おおとなぶら》の明かりにほんのり浮かび上がる女君は、さぞかし初々しくかわいらしいに違いない……。

うれしいのか、羨ましいのか、せつないのか、もう自分でもよくわからなかった。異母妹を羨む気持ちなど、これまで一度も抱いたことはなかったのに。

黙々と針を進めていると、渡殿をお渡りになる足音がして、お兄様がいらっしゃった。

今日はお客様の多い日だ。

「毎日暑いね。お変わりないかい？」

お兄様は淡木賊《うすとくさ》の表裏を重ねた若苗の狩衣をお召しになり、今日も一陣の風のようにさわやかだった。いつもと変わらないすがすがしさに、ほっとする。

「お兄様のお姿を拝見しましたら、少し涼しくなりました」

「それならよかった。あなたも、その細長を着てくれているのだね」

「ええ、ありがとうございます」

たまたま、先だっていただいた波立涌《なみたてわく》の細長を羽織っていた。着古した縹《はなだ》の五衣《いつつぎぬ》も、これを羽織るだけできれいに見える。

「涼やかできれいだね。よくお似合いだ」

お兄様ははにかむようにほほ笑まれ、持っていらっしゃったお盆を床に下ろされた。

梔子《くちなし》の花と、金物のうつわが二つのっている。

「きれいな梔子」

「南の庭で咲いていたので折ってきたよ」

「一輪でもいい香りですね」

梔子のぽってりと厚みのある白は、練絹のそれによく似ていた。花はこんなに白いのに、十月頃《かんなづき》に実る実は、あたたかな黄色の染草になる。染めものは、やはりふしぎに満ちている。

ぼんやり、そんなことを考えていたら、「謹子?」と、お兄様に名を呼ばれた。

「ごめんなさい。何ですか?」

「これを。溶けてしまうから、お早く」

そう言って、お兄様は蘇芳をお急がせになった。

几帳《きちょう》のこちらに持ち込まれたうつわには、底に溜まった清水の中に、わずかな氷が浮いている。

「これ……」

「氷室開きの削り氷《ひ》だよ。こちらには運ばれなかったようだったから、少しだが、分けて差し上げようと思って」

「まあ、ありがとうございます」

溶けきる前にと、匙《さじ》ですくって口に運んだ。ふるえるような冷たさが舌に触れ、飲み込むよりも早くはかなく溶けていく。甘葛《あまずら》のやさしい甘さが舌に残った。

「おいしい……。生き返る心地がいたします」

ついうっとり呟くと、お兄様は目を細めてお笑いになった。

それから、床に広げていた、色とりどりの布帛《ふはく》に目をおやりになる。

「今日はまた量が多いね。これは？」

「慈子様のお召し物です」

「そういえば、慈子のところに恋文が届いているようだね」

「ええ。お会いする日も近いかもしれないということで、急ぎ、新しいお召し物がご入り用のようでした」

「あの子が結婚したら、あなたのご負担がますます増えてしまうかもしれないね」

そうおっしゃって、お兄様は申し訳なさそうに目を伏せられた。

今でも、お継母様も、お姉様も、慈子様も、ご自分のお召し物すら縫われない。お姉様のご夫君である頭弁《とうのべん》様のお召し物も、わたしが代わりにお作りしているありさまだ。このうえ、慈子様のご夫君のお召し物となったら、さらにわたしの針仕事が増える。それを、お兄様はご心配くださっているのだった。

「いいんです。おめでたいことですもの。それに、今さら一人ぶん増えたところで、同じようなものですから」

わたしの言葉に、お兄様はますます申し訳なさそうなお顔になり、首を横にお振りになった。

「いや……、これはわたし個人の気持ちの問題かもしれないね」

「と、おっしゃいますと……？」

「あなたがお作りになった衣装を、父上やわたし以外の男が身につけるのは複雑だということだよ」

思い詰めたようなお声だった——が、なぜ今さらそのようにおっしゃるのだろう？

衣服は主人から下々へ、次々と下げ渡しながら使い回すのが世のならいだ。わたしが縫ったお父様やお兄様のお衣装も、俸禄として、あるいは賭け事や勝負事の褒賞として誰かに与えられ、いずれは下男に下げ渡され、時には市で何かと交換される。そうして、服として着られなくなれば手巾として、果ては掃除の雑巾として、使えなくなるまで使うものと決まっているのだ。

わたしが黙っていたからか、お兄様はさらにお言葉をお重ねになった。

「あなたの作った服を着る権利があるのは、本来、あなたの夫であるはずだろう」

ああ……そう、そういうこと。

やっとお兄様のお言葉が腑に落ちた。確かに、夫がある身なら、今の状況はまた少し違っていたかもしれない。たとえば、あの今光る君が――。

ちらりと脳裡《のうり》をよぎったお姿を、瞬《まばた》き一つで打ち消した。

「お気になさらないでくださいませ。どうせ夫もなき身です」

「だが……」

これ以上、わたしの結婚について言われるのは避けたくて、話題を変えた。

「それより、お兄様は慈子様のお相手をご存じですか？　わたしはまだうかがっていなくて……」

なにげない話題のつもりだった。こんな話題が出たら、まず聞いて当然のこと。慈子様とお年の近い公達といえば、どなたがいらっしゃっただろう――。

だが、お兄様のお返事は、予想をはるかに飛び越える内容だった。

「ああ、頭中将真幸《まさゆき》様だと聞いているよ」

「――」

目の前が真っ暗になった。胡蝶の夢見た夜のように。

「驚いただろう」と、お兄様はおっしゃった。

当たり前だ。これが驚かずにいられようか。

「わたしも驚いた。まさかあの今光る君がね」

お兄様は、わたしが驚きのあまり絶句しているのだとお思いになったようだ。正しいけれど、正しくない。わたしが声を失うほど驚いているのは、今をときめく「今光る君」が――政敵ともいえる関白様のご猶子が、妹にご求婚なさっているからではない。恋人になったと思っていた相手の名前が、突然妹の婿がねとして上がったからだ。もちろん、そんなこと、お兄様は知るよしもないけれど。

「なんでも、賀茂祭の行列で慈子をお見初めになったのだそうだよ。そよ風のいたずらで、御簾の陰から慈子の顔を垣間見られたのだとか……ふしぎな偶然もあるものだね。母上などは、賀茂の大神のご神威だと、毎日手を合わせている」

「……それは……」

――それは、わたしのことではないのか。

本当に、わけがわからない。

それ以上声が出ないわたしに気付かず、お兄様は感慨深げにお続けになった。

「とにかくご熱心にお手紙をくださるので、母上も慈子もすっかり舞い上がってしまってね。まあ、宮家のお生まれの、関白様のご猶子だから無理もない」

そこまでおっしゃって、お兄様ははっと口をつぐまれた。ご自身が今お話になっているわたしもまた宮腹の摂関家の娘だと思い出されたようだ。

でも、そんなことはどうでもよかった。

まだ信じられない——どころか、自分が何を聞かされているのか、呑み込むこともできないでいる。

嘘でしょう。だって、「謹子殿」と、わたしをお呼びになった。「大納言家の織姫」を——わたしを探していらっしゃったとおっしゃっていた。

ともに過ごさせていただいたのは一夜だけ。けれども、心を奪われた。恋多き方なのだろうと覚悟はしていた。でも、少なくとも、ご一緒させていただいているあいだは、とろけるようにおやさしく、わたしだけを大切にしてくださりそうに思えた——。

——信じたいと思っていたのに。

ぽろぽろと手を濡《ぬ》らすものに気付いて視線を下げる。何——ああ、涙。泣いているのはわたしか。

とめどもなく落ちる涙を見ても、それをこぼしているのが自分だという実感は湧かない。

蘇芳が、黙って懐紙を差し出してくれた。涙をぬぐう。几帳を隔てていてよかった。お兄様に泣き顔を見られずにすむ。泣いていることに気付かれなければ、不審に思われることもない。

「謹子？ どうかしたかい？」

急に黙り込んでしまったわたしに、お兄様は気遣わしげなお声になった。

「……いいえ。何も……」

「あなたにとっては、結婚の順番が逆になってしまって、複雑かもしれないね。だが、あまり気を落とさないでほしい。たとえ、あなたがご結婚なさらなくても、わたしはあなたを家族として、一生大切にするよ」

見当違いのことを励ますようにおっしゃって、お兄様は部屋を出ていった。

──どうして。どういうことなのか。

それればかりが頭をめぐる。どれだけ考えても答えは出ない。

わかっていることは一つだけ。頭中将様はお心変わりなさったのだ。わたしと一夜過ごして目が覚めたのか、慈子様とわたしをおくらべになって慈子様のほうがいいと思われたのか。どういう事情がおありになったのかはわからないけれど、結果は変わらない。わたしのところには、二度と、今光る君はいらっしゃらない。

ひぐらしが鳴いていた。

焼けた土を濡らす雨の匂い。湿った風に連れられて、夕立がやってくる。瞬く間に、空も屋敷もひぐらしの声も、どしゃ降りの雨にふさがれた。

蘇芳が紙燭の火を灯す。揺れる炎が、あの夜のようだった。

六　紙燭の水干

蝉時雨《しぐれ》が降りそそいでいる。

ずいぶん声が近いと思ったら、廂《ひさし》の柱に一匹しがみついて、じりじりと鳴いていた。そんなところでいくら喉を絞っても、相手は見つからないだろうに。

よく見ていると、蝉にも種類があるようで、朝夕鳴くひぐらしの他にも、大きなもの、小さなもの、じりじりと鳴くもの、みんみんと鳴くもの、焦げ茶色の羽のもの、透きとおる羽のもの、さまざまだ。柱で鳴いている蝉は、全身が焦がした杉板のような茶色で、じりじりと焦げ付くように鳴いている。檜皮《ひわだ》の茶色に裏から青を透かせる「蝉色」の襲は、きっとこの蝉の色なのだろう。

虫の苦手な蘇芳《すおう》とあかねは、迷惑そうな顔をして、時折視線を投げてはいるが、追い払おうとはしない。近付きたくないほどいやなのだ。ちょっとかわいそうだけど、放っておけばそのうち飛んでいくだろう。空も、外の世界も、広いのだから。

「……わたしも蟬のように飛んでいけたらいいのに」

なにげない、言葉どおりの気持ちだったのだけど、聞きつけたあかねが、さめざめと泣きだした。

「姫様、そんなことをおっしゃらないでくださいませ。確かに憂きことの多い世の中ですが、捨ててしまわれるには早すぎます」

「え？　ああ、待って。ごめんなさい。そういうつもりじゃなかったのよ」

あわててなだめる。ぼんやりして、うかつなことを言ってしまった。

蟬の抜け殻を指す「空蟬《うつせみ》」の語は、和歌ではよく「現身《うつしみ》」とかけて用いられる。今のわたしの発言は、まるで「蟬のように、憂きことの多いこの世を捨ててしまえたら」と、出家を匂わせているようにも取れるわけで……。あかねがうろたえるのもわかるけど、ちょっと感傷的になりすぎじゃない？

「いやね。いきなり出家したりしないわよ。男の人にふられたぐらいで」

そう言うと、あかねはよけい泣きだしてしまった。

わたしはつい先日、「一夜をともにした男の人に、妹に鞍替えされる」という、考えつくかぎりかなり最悪な失恋をした。それこそ気の弱い姫君なら、「憂き世をはかなんで出家します」とかなんとか、世をはかなんでもおかしくない状況ではある。

なっても、考えてみれば、お祖母《ばあ》様は晩年出家なさったあと、この北西の対にお住まいになって、亡きお祖父様をしのんでお暮らしになっていらっしゃったわけで……つまり、出家しようとしまいと、暮らしそのものは今とそう変わらない。

本当にこの胸の裡のかなしみを捨てられるのなら出家もいいなとは思うけど、「憂き世を捨てて仏の道に参ります」と宣言しただけで実際にそうなれるものでもないことは、母を亡くしたとき、身に染みて思い知った。あのときはまだ大人にもなっていなかったから、今なら少しは違うのかもしれないけど……いや、結局気の持ちようなのは変わらない。第一、わたしが出家したら、しのぶたちはどうなるだろう。

主人のわたしがいつまでもくよくよしているから、しのぶも蘇芳も気持ちが沈むし、あかねもこんなに涙もろくなってしまうのだ。わかってはいるのだけれど、初めての失恋がずいぶんひどいふられようだったので、わたしもなかなか立ち直れなかった。

涙に暮れている染殿の対とは対照的に、お継母様や慈子《あつこ》様たちがお住まいの東の対は、いつにもまして賑《にぎ》やかだった。毎日のように明るく楽しげな音曲や笑い声がもれ聞こえ、時折調度を入れ替えるような物音も聞こえてくる。ご婚儀に向け、慈子様の調度品も新しくなさるのかもしれない。

この違い！　早く忘れるのが一番だとわかっているのに、忘れさせてもくれない。

遠からぬ日、慈子様があの方をお迎えするためのお衣装を縫いながら、涙がこぼれた。

あまりに惨めだ。

――恨まず、羨まず、手の中の幸せを大切にして生きること。

母の教えを、これまでわたしなりに守って生きてきたつもりだ。どんなにつらいことがあっても、母を亡くしたときほどのことはなかったし、無心に縫いものをしているうちに、たいていのことは忘れられた。蘇芳は下賤《げせん》の者の仕事だと言うけれど、単純な針仕事には、読経に似たところがある。没頭するうちに、やがて俗世を忘れていくのだ。その無の境地が心地よかったのに――今回ばかりは縫いものをするのもつらく、なさけなく、屈辱的に感じられた。

慈子様をお恨み申し上げるのは間違っている。慈子様は、あの方とわたしのあいだにあったことを、きっとご存じない。ひどい仕打ちをなさったのはあの方で、恨むならあの方だとわかっている。なのに、それもできなかった。

頭中将《とうのちゅうじょう》様が慈子様の夫になられるのなら、いずれまたあの方に装束を調えて差し上げる日が来るかもしれない。そんな日が来たら、わたしはきっと泣いてしまう。けれども、せめてそのくらいはと思う気持ちが、一欠片《ひとかけら》もないと言えば嘘なのだ……。

自分でも、自分がどうしたいのか、わからなかった。

心の中に荒れくるう嵐が通り過ぎるのをひたすらじっと待っていたけれど、お継母様からお預かりした布もあらかた縫い終えてしまったし、もうそろそろ、本当に踏ん切りをつけるべきだろう。

「……決めた。あの狩衣をお返しして、わたしはもう忘れるわ」

宣言して、わたしは唐櫃《からびつ》から秘色《ひそく》の狩衣を取り出した。

あの夜を思い出すよすがとして大事にお預かりしていたけれど、こうなってしまっては、もはや手元に置いておいていいことはない。

意を決して、鋏を取った。

「姫様……！」

何を勘違いしたのか、あかねがうわずった声をあげる。心配しなくても、引き裂いたりしないわよ。やったらすっきりするかもしれないけど、やらないわ。

泥を落としただけだった狩衣を、洗うためにほどいていく。これも由子《よしこ》様がお作りになったのだろう。まっすぐにそろった、きれいな針目だった。秘色の袖からは橘の香がほのかに香り、否が応にもあの夜を思い起こさせる。手元がにじんでよく見えない。

ゆっくりゆっくり糸をほどいた。それはまるで、あの方とのご縁を解いていく作業のように感じられた。

洗って乾かしてみると、橘の香りはずいぶん薄らぎ、ほとんどわからなくなってしまっていた。これでいいのだ。このご縁はそういうものだったのだと――袖の残り香のように、いつか薄れて消えるはかないものだと、教えてくれているのだと思う。

乾かした布に火のしをあてて皺を伸ばし、再び狩衣に縫い直した。

天人《あまびと》のかり寝にかけしかりぎぬを　高き雲居にいかで返さむ

――天から一夜のみ下りていらした天人からお借りしまして共寝にかけ、お預かりしておりました狩衣を、高き雲居のあなた様になんとかしてお返ししたいと思います。

薄墨で――これは、「涙で墨が薄まってしまいました」というあてつけだ――お手紙をしたためてから、あまりにも恨み言がひどいだろうかと思い至った。

「恨まず」とわたしに教えた母がこれを読んだら、かなしまれるかもしれない。

あの方は、恨まれてもしかたない仕打ちをなさったと思うけど、あんまり品がないのはわたしの矜持が許さない。迷って、「妹とおしあわせに」と書き添え、狩衣と一緒に布に包んだ。

「廣行《ひろゆき》に頼んで、これをあの方に渡してもらえるかしら」

蘇芳に言うと、彼女は「かならずお渡しさせていただきます」と、引き受けてくれた。

ふーっと、深く、息をつく。

終わった。

蟬時雨が降りそそぐ。青い空に湧き上がる雲はくっきりと白い。数日後には、夏越《なごし》の祓《はらえ》だ。半年の罪と穢《けが》れを水に流す日。まだあの夜の名残《なごり》を惜しむ気持ちも、かなしみも、一緒に流してしまいたい。

——そう思っていたのだが。


母屋のほうから音曲の調べが聞こえてきている。乞巧奠《きっこうでん》の宴が催されているらしい。

七月《ふみつき》七日の夕べ、牽牛星《けんぎゅうせい》が天の川を渡り、年に一度の織女星《しょくじょせい》との逢瀬《おうせ》を迎える。「星合《ほしあい》」とも呼ばれる、天駆ける恋人たちの夜。今年は、お継母様も慈子様も、さぞかしお張り切りになっていらっしゃるだろう。

表の宴に呼ばれないのはいつものことなので、染殿の対では慎《つつ》ましく祭壇を作り、乞巧奠をお祝いした。

庭に置いた机に、五色の布と糸の束、瓜《うり》、茄子《なす》、御酒《みき》などお供えを置き、秋草を飾る。

お継母様たちには管弦のお遊びのほうが楽しいのだろうけれど、織女星に機織《はたお》りや染色、裁縫などの上達を願う乞巧奠は、わたしたち染殿の人間には、新年と同じくらい大事なお祭りだ。

角盥《つのだらい》の水に星を映して眼下に眺め、箏の琴をつま弾いていた。母屋のほうから渡殿を渡ってくる足音が聞こえ、わたしは御簾の内に入った。

こんな夕べにどなただろう。

ふしぎに思っていたのだが、東の対の女房に案内されていらっしゃったのは、由子様からのお使《つかい》だった。

しばらくご無沙汰してしまったけれど、ご令息のことはさて置き、由子様とはおつきあいを続けたい。はかない一夜の過ちのために、なかったことにしてしまうには、由子様とのおつきあいは深く、楽しくなりすぎていた。要は、ろくでなしのご子息のために、ご縁を切ってしまうのはもったいないと思ったのだ。

恨まず、羨まず。

しがらみはすべて夏越の祓の水に流したのだからと、乞巧奠の今日、いくつかお供えの品を贈らせていただいていた。そのお返しをくださったらしい——のだが。

「こんばんは。よい七夕《しちせき》でございますね」

「ええ、雨が降らなくてよかったです。牽牛星も、今頃無事に鵲《かささぎ》の橋を渡り終えていることでしょう」

「一条東洞院《ひがしのとういん》の北の方様より、乞巧奠の贈り物のお礼と、お返しのお品をお預かりして参りました」

そうおっしゃって、お使の方がお示しになったお品を見て、困惑した。下男らしき男が額《ぬか》ずいて差し出す折敷《おしき》には、「お返し」と言うにはあまりに多い、幾疋《いくひき》もの絹が積まれていたからだ。

「……あの、申し訳ありません。多すぎると思うのですけど……」

そう言うと、お使の方は心得たようにゆったりとうなずき、由子様からのお手紙を差し出した。

「お話の前に、まずはこちらをお読みください」

とまどいつつも、しのぶが取り次いでくれたお手紙を開く。

そこには、いつものおやさしい由子様のご筆蹟で、ごていねいなお礼のお言葉と、こんなことが書かれていた。

――天の牽牛星と同じく、地上の牽牛もまた織女にお会いしたいと恋い焦がれているようでございます。わたくしに免じて、ご無礼、どうかお許しくださいませ。

「……これは……？」

意味がわからず、おたずねする――と、品のいい笑みを浮かべたお使の方の後方で、やおらに下男が口を開いた。

「謹子《ちかこ》殿」

秋風に、凜と涼やかな声が響く。

目を見張った――まさか。あの方が、こんなところにいらっしゃるはずはない。

けれども、ずっと下げていた頭を起こした下男の顔は――お顔は、忘れられない、今光る頭中将様のものだった。

月のように白い額。やさしい眉と、憂いをおびた涼しい目元。通った鼻筋、薄い唇。細い顎――まだ信じられないけれど、このようにうるわしい殿方が、この世に二人といらっしゃるはずがない。

――ああ、それに。

彼がお召しになっている水干は、わたしがあの夜、差し上げたものに違いなかった。紫の闇に、ほのかな紅の灯りが透ける、紙燭《しそく》の襲。

今光る君は、あの夜、わたしが差し上げた水干をお召しになり、再びこの染殿へいらっしゃったのだ。

「まさか」と「どうして」が頭をめぐった。

だって――だって、この方は今、慈子様にご求婚なさっているはずだ。わたしから妹に心変わりをなさったのだ。それがどうして――？

わたしが言葉を失っていると、中将様はもう一度、「謹子殿」とお呼びになった。あの夜と同じ、美しい――けれども、あの夜にはなかった痛切なお声で。

「あなたにお会いしたかった」

絞り出すようにおっしゃった。

「……どうして……」

ようやく喉から声を押し出す。なぜ彼が今さらそのようにおっしゃるのか、本当にわからなかった。

中将様は、薄暗い部屋の中でもほんのりと光るようにお美しいお顔をかなしげに伏せられて、「お話しすることをお許しいただけるでしょうか」と、おっしゃった。

「……うかがいます」

そう答えると、見るからにほっとしたお顔になる。

居住まいを正し、話し始めた。

「そもそもの過《あやま》りは、わたしがあなたにお送りしたお手紙でした。わたしは確かに使の者に、『染殿の対にいらっしゃる中の君に』と申しつけたのですが、その者が、こちらのお屋敷で取り次いでいただいた際、誤って妹君のところへ取り次がれてしまったようで……。その結果、わたしの手紙は妹君のところへ届いてしまったようなのです」

「ああ……」

めまいがしそう。ものすごくありそうな話だった。

わたしの存在なんて、家の下人でも知らない者は知らないだろうし、なにしろ由子様からのお手紙を、勝手にお読みになっていたお継母様だ。今をときめく頭中将様からのお手紙を見て、わざとお間違いになった可能性だってあるのでは――。

そう考えてしまった自分に驚き、深く恥じ入った。つくづく、嫉妬は人を醜くさせる。単純な手違いの可能性だってあるのだ。むやみに疑うのはやめたい。わたし自身の矜持のためにも。

恨まず、羨まず――心の中でくりかえす。

「そうとも知らず、わたしは、お返事くださっているのはあなただとばかり思い込んで、手紙を送り続けていたのです。けれども、あの夜のことや賀茂の祭日のことを書いてお送りしても、お返事はちぐはぐで……」

それはそうだ。おそらく慈子様か、お継母様がお返事なさっていたのだろうけれど、お二人は、あの夜、彼とわたしのあいだに起こったことをご存じない。

「おかしい、おかしいと感じていたところへ、先日、あなたご自身から狩衣とお手紙が届きました。……驚きました」

ちらりと苦悩の表情をのぞかせ、恥じ入るように彼は再びお顔を伏せられた。

「あなたがなぜ突然あのように冷たいことをおっしゃってきたのかわからず、お手紙でおたずねしても、やはりお返事はちぐはぐで……二つの手紙を見くらべて、ようやく別人だと確信したのです。蔵人少将殿《くろうどのしようしよう》におたずねして、事の真相を悟りました。どうしてもあなたをあきらめきれず、あなたと親しくしている母に頼み込んで、こちらへうかがう機会を得たのです」

「……そうだったのですね……」

まだ少し信じられないような気分でうなずいた。

でも、回らない頭でも、頭中将様のおっしゃることは理解した。彼はお心変わりなさったわけではなかったのだ。すべては不幸な行き違い、あるいは誰かの策にはまっただけだった。

「あなたにお会いしたかった。あなたのお声をお聞きしたかった。あなたに、わたしの思いの丈をお伝えしたかった……。謹子殿。わたしの織姫は、あなたをおいてはありえないのです。あなたに会いたくて、会いたくて、たった一月《ひとつき》会えないだけでも、一年待てば逢瀬を迎えられると決まっている牛飼いのほうがまだいいように感じられました」

そうおっしゃって、今光る君は、伏せられた眦《まなじり》から一筋、涙をお流しになった。七夕の朝におく露のように清らかな涙を見ると、胸の奥がぎゅっと痛む。

言葉に迷い、「ありがとうございます」とだけ申し上げた。

「意図したことではありませんでしたが、あなたを傷つけることになってしまった。お許しくださいますか」

「元より怒ってはおりません。妹にご求婚なさっていらっしゃるとうかがったときには、目の前が暗くなりましたが……」

それでも、わたしはただ傷ついて、くやしく、かなしかっただけだ。この方をお恨みできたらとは思ったけれど、できなかった。そして、そのくやしさもかなしみも、この方をお慕いする気持ちも、すべて夏越の祓の水に流した――そう思って、立ち直ろうとあがいていた。

だから、彼が「あらためて、あなたに求婚するお許しをいただきたい」とおっしゃったときは、ためらった。

「……それは……」

うなずきたい。誤解がすべてとけた今、彼のお気持ちはとてもうれしい。けれども、わたしたちを取り巻く状況は、初めてお会いしたときよりもさらに困難なほうへ変わってしまった。

ただでさえ、お継母様は、わたしに縁談を持ち込ませないようにしている。わたしが慈子様のご縁談を横取りしたとわかったら——たとえ、先に横取りしたのがあちらだとしても、奪い返したとわかったら、けっしてお許しにはならないだろう。

「何か、気がかりなことがおありでしょうか？」

「……お気持ちは、本当に、本当にうれしいのですけど……」

迷いつつ、口を開いた。

「お継母様方のお怒りを買い、この染殿の対を追い出されてしまったら、わたくしには行くあてがありません。あなたをお迎えする場所も失い、結婚どころではなくなってしまいます」

「謹子殿」

ためらうわたしに、決断をうながすお声で、頭中将様はおっしゃった。

「あなたがお許しくださるなら、あなたをここから連れ出してさしあげます」

「連れ出す？」

思いもかけない提案にびっくりした。だって、わたしたち貴族の常識では、結婚生活というのは、男君が女君の家に通ってくるものと決まっている。夫が実家から独立する際には、妻は新居の北の方に迎えられるわけだけれど、頭中将様はまだ一条東洞院の関白邸でお暮らしのはずだ。

けれども、頭中将様はきっぱりとおっしゃった。

「祖父からゆずり受けた、小さな屋敷があるのです。急ぎ、そちらを調えて、お迎えするつもりです。心細いでしょうが、ご心配には及びません。わたしにおまかせくださったら、かならず、すべてあなたにいいようにさせていただきます」

お覚悟をお決めになった、凜々しいお顔とお声に心が震えた。

「……ここにいる、わたくしの女房たちも、ご一緒させていただいてもよろしいでしょうか？」

「もちろん」

ゆるぎないお声に、わたしもまた心を決めた。

「わかりました。すべてあなたにおまかせいたします」

乞巧奠の宴の陰で、由子様のお使を先にお返しになり、今光る君は、七夕の夜を染殿の対でお過ごしになった。

お持ちくださった絹は、濃蘇芳《こきすおう》の小袿《こうちぎ》を一枚と、白の袿を八枚、濃色の単《ひとえ》と長袴とに仕立てるよう、うけたまわった。

「それらが縫い上がる頃、お迎えにあがります」

そうお約束くださって、今光る頭中将様は、いらっしゃったときと同じ、紙燭の水干をお召しになった。闇にほのかな灯りが揺れる、夜の襲。

その水干に身を包み、今光る君はまだ明けきらぬ暁闇《あかときやみ》に溶けるように、一人、お帰りになっていった。

七　濃蘇芳の小袿

近頃、お継母様がいらいらしていらっしゃる。あかねは「厨《くりや》に行くにも気を遣います」と憂い顔だ。

「慈子《あつこ》様のところへ来ていた恋文が、突然途絶えてしまったのだそうですよ」

針を進めながら、蘇芳《すおう》が澄ました顔で言った。あいかわらず、その縫い目は乱れることなく、まっすぐにそろって美しい。

そういえば、最近、東の対からは管弦の音も聞こえてこなくなっていた。一時はあれほど晴れやかにお遊びになっていらっしゃったのに、今聞こえるのは秋草に鳴く虫の音ばかりだ。

「慈子様は、さぞお嘆きでしょうね」

その原因であるわたしが言っていいのか悩ましいところだけれど、やっぱりおいたわしい。

恋に破れるお心がどれほどつらく苦しいか、わたしも今は身に染みて知っている。ましてや、慈子様は十四歳。まだ幼くていらっしゃるのだ。

慈子様が今光る君からご求婚されているといううわさは、すでに世にもれ聞こえていた。よい婿がねを逃がしてはならじと画策なさるお継母様のご指示で、あちらの対に仕える女房や下男下女が意図的に流したものだ。その状況でお手紙が途絶えるなんて……想像するだけでもいたたまれない。

わたしの顔を見て複雑そうに、だが、やはりどこか突き放した口調で、蘇芳は言った。

「慈子様はまだお若いですし、今北の方様がお力を尽くされるでしょうから、きっと新しいご縁がございますよ」

「そうであるよう願っているわ」

「姫様はもうこれが最初で最後ですからね。ここはご容赦いただきましょう」

わざとひどい言いぐさで笑わせてくる。……けど、うん。

「ご容赦いただけなくても覚悟の上だわ」

慈子様のおつらさがわかっていてなお、あの方をおゆずりするつもりがないわたしは、ひどい姉なのだと思う。でも、それでも、どうしてもおゆずりできないことも、この世にはあるのだ。

「それにしても、上等な絹ですこと」

切り替えるように明るく、あかねが言った。

「とくにその濃蘇芳《こきすおう》地に白鴛鴦紋《はくおしもん》の織物。豪華で、とても格調高くて、おめでたくて……姫様、きっとよくお似合いになります」

言いながら、彼女は涙ぐんでいる。「ありがとう」とほほ笑んだ。

「さあさあ、皆手が止まっていますよ。枚数が多いのですから、がんばって縫ってくださいな」

急《せ》き立てながらも、蘇芳もうれしそうだ。

今わたしたちが縫っているのは、真幸《まさゆき》様がお持ちくださった絹だった。濃蘇芳地に白鴛鴦紋の織物は小袿《こうちぎ》に。白綾は八枚の袿と、濃色に染めて単《ひとえ》一枚に。練絹は同じく濃色に染めて長袴に仕立てる。

小袿を縫いながら、「夢のようね」と呟いた。

だって、これは婚礼衣装だ。白の袿を八枚重ね、上から赤の表着《うわぎ》を羽織る。紅白の梅のような、格調高く美しい取り合わせだ。

真幸様ははっきりとはおっしゃらなかったけれど、お姉様のご婚儀の際にも同様の取り合わせで作ったことがあるから、どのようなものかは知っていた。わたしはお姉様のご婚礼には列席していないけど、ご夫君の三日夜《みかよ》のお通いののちにある露顕《ところあらわし》という席でお召しになったと聞いている。

今わたしが縫っているこれは、たぶん、きっと、わたし自身の婚礼衣装なのだ。わたしたちの結婚に、常識どおりの三日夜のお通いや露顕があるとは思えないけれど、それでも、真幸様はわたしを妻としてお迎えくださる意思をお持ちだということだろう。

自分のための婚礼衣装を自分で仕立てる。縫いあがったら、あの方が迎えにきてくださるのだ。こんなに幸せなお裁縫が今まであっただろうか。

うれしい気持ちを一針ひとはり、縫い目にこめた。

時折、由子《よしこ》様からのお使《つかい》がいらっしゃって、足りないものはないか、困っていることはないかとおたずねくださる。そして、かならず、今光る君からのお手紙もお預かりになってきてくださった。

「姫様。今日は何とお書きになっていらっしゃるんですか?」

お手紙を開いていたら、あかねがうずうずとした顔でこちらを見た。期待をこめた目で見つめられ、苦笑する。

……うん、これ、お気持ちはとてもうれしいけど、声に出して読むには恥ずかしすぎるわね。

星合の朝の別れにくらぶれば　縫ふつまを待つ日々もうれしき

――また逢うのに一年待たねばならない、牽牛織女の逢瀬の後朝《きぬぎぬ》のつらさに比べれば、新妻《つま》となるあなたが婚礼衣装の褄を縫っているのを待つこの日々は待ち遠しく、じれったくもありますが、本当にうれしいことです。

読みあげると、あかねは声なき声で叫び、しのぶはほほ笑ましげにうなずいた。蘇芳はしみじみと泣いている。

「うわ～、でれってれに浮かれてらっしゃいますね！」

そう言ってはしゃぐあかねの声も、同じくらい浮かれている。喜んでくれるのはうれしいのだけど、東の対まで聞こえやしないか、はらはらした。

「わたし、いくら今光る君でも、姫様をお幸せにしてくださらないなら、ご結婚してほしくないと思っていたんです。でも、そんな心配、全然必要ありませんでしたね。本当に、織女を思う牽牛のように、深く一途《いちず》に姫様のことを愛してくださって……」

言いながら、次第に気持ちが昂《たか》ぶってきたのか、あかねも蘇芳と一緒に泣きだしてしまった。

真幸様の二度目の訪れからずっとこんな調子なのだけど、それだけ心配をかけてきたと思えばしかたがない。しみじみとありがたく感じて、わたしもまた縫いものの手が進まなくなってしまう。

そんなふうにしながら、これまでどおりお継母様からの日常のお裁縫のご注文もうかがいつつ、人目を避けて縫っていたので、婚礼衣装がすべて仕立てあがるまでには、思ったよりも日数がかかった。

由子様からのお使に、「もうそろそろ縫いあがります」とお伝えできたのは、月が替わって八月《はづき》に入った頃。

次のお使は、人目をはばかりながら、大きなお荷物をお持ちになった。

わたしの小袿と同じ鴛鴦丸紋が散らされた、吸い込まれそうに美しい二藍《ふたあい》のお直衣に、綾の指貫《さしぬき》、濃き衵《あこめ》。蘇芳色の袿三枚と、濃き単、濃き下袴——殿方の婚礼衣装だった。

ああ、本当に——本当に、あの方がわたしを迎えに来てくださるのだ。

お預かりしたそれらを、どきどきしながら塗籠の唐櫃に隠した。お手紙には、「十五夜に、望月《もちづき》をともに見たいと思います」と書かれている。

八月十五日——宮中では、中秋の名月を愛《め》でる月の宴が催される。そのお帰りの人にまぎれて、お迎えに来てくださるということだった。

ところが、である。

その翌日、お継母様がひさしぶりにご自身で染殿の対へお越しになった。

そのときわたしは、ちょうど縫いあがった婚礼衣装を体に当て、四人で完成の喜びを噛みしめていたところだった。お継母様の足音と衣擦れの音を聞きつけて、四人ともさっと顔色を変える。

「ひ、姫様、お早くこちらへ……！」

しのぶが素早く御簾を下ろし、蘇芳とあかねが衣装ごとわたしを塗籠に押し込めた。

妻戸に耳をつけると、蘇芳たちが部屋を片付け、几帳《きちょう》を調える物音が聞こえてくる。

「何ですか、ばたばたして」

間もなく、叱責に近いお継母様のお声が聞こえた。よかった。どうにか間に合ったみたいだ。

「謹子《ちかこ》さん？　謹子さんはどうなさったの」

まるで罪人をさがす検非違使のような口調で、お継母様がおっしゃった。

「今日はお体の調子がよろしくないようで、明るいのがおつらいとおっしゃって、塗籠でお休みになっておいでです」

「まあ、いやだ。こちらは今大事なときなのよ。病など持ち込まないよう、くれぐれも気を付けてちょうだい」

つんけんとおっしゃって、何かを置く物音がした。また何か、お仕立てのご注文らしい。と、思っていたら、お継母様が「謹子さん！」とお声を張り上げなさった。

「聞こえているんでしょう。時間がありません。さっさとそこから出てきて、濃蘇芳の織物で小袿を一枚、白綾で袿を八枚、濃色で単を一枚、濃色で長袴を一枚、急いで縫いなさい。いいですか、七日です。かならず七日で仕上げるのですよ！」

おそろしいお声でお急かしになり、染殿の対を出ていかれた。

「姫様」

足音が遠のいた頃、外側からあかねがとんとんと妻戸を叩いてくれる。戸をそろりと開け、顔を出した。

「……どういうこと？」

皆と顔を見合わせる。

「これって、やっぱりこれ、よね？」

自分が羽織っている婚礼衣装を示し、廂《ひさし》の間に積まれた布と見くらべる。赤の小袿一枚と、白の袿を八枚――うん。間違いない。

「もう慈子様に次のお相手が見つかったとか……？」

「いくらなんでも早すぎると思いますが」

しのぶもとまどった表情で首を横に振った。さすがに彼女にもわからないらしい。

「……まあ、いいわ。きっと、これがこの家で最後の針仕事よ。慈子様へのせめてものお詫びに、心をこめて縫わせていただきましょう」

わたしが言うと、三人は「はい」とうなずいた。

慈子様の小袿の料は、濃蘇芳地に藤大納言《とうのだいなごん》家の八藤丸を織り出した豪奢な錦だった。お姉様のときも亀甲紋の豪華な小袿だったけれど、慈子様のものはさらに上だ。彼女の結婚にかけるこの家の――お継母様の意気込みが伝わってくるようで、幼い慈子様の肩にかかる重圧を思うとお腹のあたりがきゅうと痛む。

いつもなら蘇芳から愚痴が出そうな量と日数の短さだったけれど、さすがに今回ばかりは誰も文句を言わなかった。

さて、慈子様のご婚礼のお衣装がようやく縫いあがろうとしていた八月十三日、ひさしぶりにお兄様が染殿の対にいらっしゃった。

「やあ。精が出るね」

御簾をくぐっていらっしゃったお兄様は、いつになくおやつれのごようすだ。目の下がうっすらと黒ずんで、悩ましげな翳《かげ》りをおびている。

「お兄様、お疲れですか？ まだまだ日中は暑い日がありますものね。夏のお疲れが出ていらっしゃるのかも……」

お兄様は「そうかもしれないね」と、うつむき気味にお笑いになった。やはりお元気がない。にわかに心配になってしまった。

「お兄様、もしかしてお加減がすぐれませんか？ お薬湯など、お持ちしましょうか」

「ありがとう。大丈夫だよ」

「何か、お困りのことがおありでしょうか？ わたしでお力になれることでしたら……と申しましても、染めものと縫いものくらいしかできませんが、ご遠慮なくおっしゃってくださいませ」

すると、お兄様はお顔をあげ、几帳を見通すかのように、じっとこちらをご覧になった。

真剣な面持ち――わずかに寄せられた目見のあたりが、何かを訴えかけてくるように感じられる。おっしゃりたいことがおありなのかもしれない。

お話しになってくださるのを待ったけれども、お兄様は迷った末に唇をお噛みになり、

「いや……」と再び視線をおそらしになった。

部屋中に広がる、慈子様のご衣装に視線を落とされる。

「今は、何を縫っていらっしゃるんだい？」

「慈子様のご婚礼のお衣装のようです。はっきりそうとは、うかがっておりませんけれども……」

お答えすると、お兄様は一つ小さく息をつかれた。

「やはりそうなのだね。……頭中将様は、しばらく慈子へのお便りが途絶えていたのだが、先日ひさしぶりにお会いしたときに、観月の宴の帰りに、我が家へお寄りになりたいとおっしゃったのだよ」

「まあ……」

そのお名前にどきりとする。観月の宴の帰り——わたしとのお約束の日だ。根回しだろうか？　けれども、何のために？　わたしたちの結婚は、ひそかに運ばねばならないのではなかっただろうか——。

騒ぐ胸を押さえながら、「そうなのですね」と相槌をうつ。

「それを母上にお伝えしたら、いよいよ慈子にお会いくださると解釈なさったようで……母上も慈子も張りきっているのだが」

そこまでおっしゃって、お兄様は再びじっとこちらを見た。

何だろう――どきどきする。もしかしてお兄様は、真幸様とわたしのあいだにあったことを、何かお気づきなのではないだろうか。

緊張しながら、次のお言葉を待った。

「……うわさをね、聞いたのだ」

「どのようなうわさですか？」

「『今光る君が、藤大納言家の中の君とご結婚なさるらしい』と」

「……あら……」

ようやく、それだけ口にした。一瞬で喉がからからになる。

藤大納言家の中の君――その呼び名にいい思い出はなかった。真幸様とのすれ違いの原因だ。今回は誰を指しているのだろう。うわさをしている人たちにとっては、やはり慈子様なのかもしれない。

ぎゅっと唇を引き結んだ。

大丈夫。信じる。他の誰が勘違いしていても、あの方にとって、「藤大納言家の中の君」は、正しく、わたしだ。あの方とわたしが、それを知っていればいい。

「世の中の皆様は、本当にわたくしのことなど、すっかりお忘れなのでしょうね。わたくしは今の今まで、誰からもそんなお話は聞きませんでしたもの」

そう言うと、お兄様は三度、几帳のこちらをじっと見つめた。

「だが、我が家の『中の君』は、正しくは、あなただ」

「でも、うわさでしょう?」

ごまかそうとしたけれど、お兄様は「謹子」とさえぎった。

「もし……万が一だよ。今光る君が、あなたを妻にとお望みになったら、あなたはどうしたい?」

「そんなこと、ありえません」

「万が一の例え話だ」

例え話——なのだろうか? 本当に?

胸騒ぎをこらえながら、笑ってみせた。

「例え話なのですね? ……でしたら、もちろんうれしいです。今をときめく光る頭中将様は、京中の女のあこがれですもの」

わたしの答えに、お兄様も「確かにそうだね」とお笑いになった。少しだけお寂しそうに。

「わかった。変なことをきいてすまなかったね」

「いいえ、それはかまわないのですけど……」

結局、今日は何のお話だったのだろう？

お腰をあげるお兄様を視線で追う――と、御簾の向こうで、お兄様はふとこちらを振り返られた。

「謹子」

「はい」

「わたしは、あなたの兄として、本当に、あなたの力になりたいと思っているんだよ。それだけは覚えておいてほしい」

「――」

わたしが呆然《ぼうぜん》としているうちに、お兄様の足音は渡殿をお渡りになり、母屋のほうへと遠ざかっていった。

色なき風が軒端に通う仲秋の十五夜、宮中の観月の宴は、月も中天を過ぎてからお開きになったようだった。

脇息《きょうそく》に身をあずけ、うとうとしていたら、にわかに表のほうが騒がしくなった。どきどきする。お父様、お兄様がお帰りになったのか、それとも、今光る頭中将様がお見えになったのか。

でも、そうだとして、真幸様はどうやってこの染殿の対までお越しになるおつもりだろう。まさか、お父様やお継母様を振り切ってというわけにはいかないだろうに……。

息を詰め、耳をすませてようすをうかがっていたけれど、何もない。

さっきのはやっぱりお父様かお兄様で、真幸様ではなかったのかも。今夜はもう遅すぎて、来られなくなってしまったのかも……？

そう思いながらもあきらめきれずにいると、やがて、ほとほとと庭の木戸を叩く音がした。

はじけてしまいそうな胸を押さえ、ひそめた声で「どうぞ」とうながす。

あの夜と同じ木戸をくぐっていらっしゃったのは、お直衣姿の今光る君だった。

――いらしてくださった。本当にいらしてくださったのだ！

今宵の月よりもお美しく神々しいお姿を拝見するだけで、涙がこみ上げてくる。高欄の上から、じっと見つめて声をかけた。

「よくいらしてくださいました」

彼もまた庭からわたしをじっと見上げてほほ笑んだ。

「長いこと、お待たせしてしまいました」

「織女は夫を焦がれて待つものと決まっております」

そうお答え申し上げると、真幸様はやんわりと眉尻を下げ、噛みしめるようにうなずかれた。

階《きざはし》から上がっていらっしゃった彼と二人、御簾の奥へと下がる。

「でも、いったいどうやってここまで……？」

「あなたの兄上が匿《かくま》ってくださったのですよ」

真幸様は、どうやって表の門からここまでいらしたのか、かいつまんで教えてくださった。

彼は、お父様、お兄様と同じ牛車で藤大納言邸にお入りになったあと、少し話され、機を見計らってお兄様のお部屋にいらっしゃったのだそうだ。

しびれを切らし、彼を探しに来た東の対の女房に、お兄様は「頭中将様はお帰りになった」と嘘をついてくださった。そうして東の対の面々を煙《けむ》に巻き、ひそかに庭からこちらへいらっしゃったと言う。

「……お兄様が……」

数日前、憔悴《しようすい》したごようすだったお兄様のお顔が思い出された。やはり、あのときにはもう真幸様からこの計画を聞いていらして、お悩みだったに違いない。

――わたしは、あなたの兄として、本当に、あなたの力になりたいと思っているんだよ。

あのお言葉を、お兄様は本当に守ってくださったのだった。

「わたしが、こちらのお屋敷に妻問いに来たということは、皆に知っておいてほしかったのです。そのうえで、あなたを……正しき『藤大納言家の中の君』を、妻としてお迎えしたかった。明日の朝には、関白家の牛車が正面から迎えにくる手はずになっています」

「……ええ」

この方は、本当に堂々と、わたしを妻にしてくださるのだ。そのお気持ちの深さに、心が震える。

「ありがとうございます。お待ちいたしておりました」

「わたしも、あなたとの逢瀬をずっと待っておりました。わたしの織姫」

そうおっしゃって、月よりも美しいわたしの牽牛は、最初の夜と同じように、わたしを抱き締めてくださった。

わたしたち貴族の結婚は、一般に、女君の家に男君が続けて通い、三日目に露顕することで成立する。結婚後も、女君は生家に留まり、男君の訪れをお待ちするのがならわしだ。けれども、お継母様たちのご意向にそむいて、強引に契りを交わしてしまったわたしには、もはやこの家に居場所はない。

まだ暗いうちから起き出して、身支度を調えた。

髪を梳《と》かし、おしろいを塗って紅を引き、婚礼衣装に袖を通す。

濃色の単と長袴の上に、白の袿を八枚重ね、濃蘇芳地白鴛鴦紋の小袿を羽織る。

身繕いを手伝ってくれた蘇芳もあかねも涙ぐんでいた。

「姫様、とてもご立派です」

「本当に、天の織女にも劣らぬお美しさですわ」

口々に言ってくれる彼女たちを、万感をこめて抱き締めた。

元々、染色と裁縫の道具以外には、持ちものの少ない暮らしだった。運び出すべきものは、すでに少しずつ運び出している。いっそうがらんとした染殿の対に、青白い秋の朝の光が満ちていた。

大切なものはもう運んでしまったけれど、この染殿や、庭の沙羅双樹の木は持ってはいけない。幸せとはいえない暮らしだったのかもしれないけれど、いざ離れるとなると寂しくて、涙がこぼれた。

「謹子殿」

しのぶの手を借り、身支度を調えた夫《せ》の君が、几帳を回り込んでこちらにいらっしゃる。

今このときの明けの空のような二藍のお直衣に、濃き衵、蘇芳の袿三枚と、綾の指貫。わたしの衣装と対をなすお色目だ。

婚礼のための濃き赤色をお召しになった今光る君は、有明の月よりも明るく光り輝くようで、お側に寄るのもおそれ多いご麗容だった。

彼は盛装したわたしの姿に目を瞠り、幸せに溶けるようにほほ笑まれた。

「……失礼。わたしの織姫があまりにも気高くお美しいので、言葉を失いました」

「まあ」

思わず笑ってしまう。少し緊張していたけれど、ご冗談のおかげでそれもほぐれた。

「夫の君も、大変ご立派で、うるわしくていらっしゃいます」

「ありがとう。あなたのお隣にふさわしくなれているだろうか」

「それは、わたくしがおたずねしなくてはならないことでは？」

顔を見合わせて笑いあう。

「では、行きましょう」

そうおっしゃって、夫の君はわたしの手をお取りになった。

もう一度、なつかしい染殿を振り返る。

さようなら、わたしの染殿。

そうして、わたしは渡殿を渡っていった。お待ちし続けた、わたしの牽牛の手を取って。


長く染殿の対に忘れ去られていたわたしが、今をときめく光る頭中将様と契りを交わしたことが露顕すると、藤大納言家は大騒ぎになった。

——恨まず、羨まず、手の中の幸せを大切にして生きること。

母の教えにしたがって、「長年お世話になりました」と頭を下げる。

お父様は黙りこくり、お継母様は激怒なさってわめき散らし、母屋の女房たちには睨まれ、後ろ指をさされながらの門出になった。予想していたことではあるものの、夫の君には申し訳ない。

唯一、お声をかけてくださったのはお兄様だった。それも、一条東洞院《ひがしのとういん》からのお迎えの牛車に乗り込む寸前、「元気で」と、風にさらわれそうなお声でおっしゃってくださっただけだけれど。

「あなたがお会いしたいと思うなら、いつでもお会いになるといい」

夫の君がそうおっしゃってくださった。わたしはただうなずいた。

濃き赤の出衣《いだしぎぬ》で絢爛《けんらん》に飾った檳榔毛車《びろうげのくるま》が、三条藤大納言邸を出る。婚礼仕立ての出車に、道行く人々がお祝いの言葉をかけてくれる。

わたしたちを乗せた牛車は、朝日の中、西洞院《にしのとういん》大路を北へ、ゆっくりゆっくり上っていった。

檳榔子黒の表着

色なき風が御簾《みす》のあいだをすり抜ける九月《ながつき》の初め。わたしは梨壺《なしつぼ》に東宮の女御を訪ねていた。

東宮の女御は、父関白藤原在継《ふじわらのありつぐ》と北の方由子《よしこ》のあいだに生まれた一人娘で、関白家に猶子《ゆうし》に入ったわたしにとっては血のつながらない妹だ。後宮の中心である叔母《おば》中宮の強力な後ろ盾を得ながらも、宮中で生まれ育ったわたしのことも頼りにしてくれているようで、時折こうして呼び出される。

「もうすぐ重陽《ちようよう》でございますね。ご機嫌はいかがでいらっしゃいますか」

簀子縁《すのこえん》に腰を下ろし、ご挨拶申し上げると、御簾の向こうからおっとりとしたお声が返った。

「風も涼しく、過ごしやすくなってまいりました。お呼び立てして申し訳ありません。今日は、お兄様にうかがいたいことがございまして……」

「わたしに？」

「その前に。お兄様、ご結婚なさったそうですね。大変おめでとうございます」

言われて、ようやく今日の本題に思い至る。なるほど、その件か。思わずうっすら笑ってしまった。

「ありがとうございます。ご報告が遅くなってしまい、申し訳ありません」

頭を下げてから、「とはいっても、まだ一月《ひとつき》もたたないのですが……」と、言い訳を付け足した。

「なんでも、お相手は、かの『花の宮』の忘れ形見でいらっしゃるとか……。藤大納《とうのだいな》言《ごん》様のお宅からお兄様の別邸まで、豪華な婚礼仕立ての牛車でお連れしたとうかがいました」

摂関家で大事に大事に慈しまれ育てられた東宮の女御は、聡明でありながら、どこかふわふわと摑《つか》みどころのないお方だ。その彼女が、めずらしく強くご興味を示されている。それだけ、わたしたちの結婚は型破りで、人々の注目を集めたということだろう。

改めて実感し、苦笑した。

「人目につくことをしてしまいましたね」

「よろしければ、詳しくお聞かせくださいませんか。わたくし、お兄様がどのような方とどのように出逢《であ》ってご結婚に至られたのか、とても興味がありますの」

うら若き女性らしい好奇心だった。

后妃たちにとって、後宮暮らしは主上《おかみ》のご寵愛《ちようあい》の奪い合いであるとともに、暇との戦いでもあると聞く。ひたすらに自身を磨き、美を競い、そろえた女房たちの詩歌音曲の才で人々の評判を呼び、主上や東宮のお渡りを待つ――代わり映えしない日々の中で、人のうわさは格好の暇つぶしだ。今一番のうわさの的が自分の兄となれば、やんごとなき東宮妃であっても真相を確かめたくなるのだろう。

「よろしいですよ」と、うなずいた。

「わたしも、ちょうど惚気《のろけ》たい気分だったのです」

ゆったりとほほ笑んで、妻――謹子《ちかこ》殿との出逢いに思いを馳《は》せた。

「妻を……藤大納言の中の君を初めて垣間見《かいまみ》たのは、今年の賀茂祭《かものまつり》の行列でした」

そうゆっくり語り始める。

「ご存じのとおり、わたしは近衛府《このえふ》の勅使として行列に加わっておりまして……。一条大路を外れた鴨《かも》の川原《かわら》の柳の木の下、卯《う》の花の咲き乱れる中に駐《と》められた小さな女車に、ふしぎと目が引き寄せられました。卯の花の襲《かさね》の出衣《いだしぎぬ》も、牛車に飾られた卯の花も、控えめであるがゆえに風景に溶け込み、大変清楚《せいそ》で美しかったのです。つい目を奪われた瞬間に、川風が吹き抜けました。今思えば、わたしたちの出逢いは、賀茂の大神のお導きだったのかもしれません。垣間見た女君《かた》はたいそう品良く、楚々とうるわしく、香る卯の花そのもので、一目で心奪われました」

わたしの少々おおげさな言い回しに、東宮の女御は「まあ」と小さく感嘆のお声をもらされた。

「まるで物語のようですわね」

うなずく。本当にそうだった。

あの一瞬、垣間見た女君の姿は、目に焼きついて離れなくなった。出衣も牛車も、一条大路に並み居る摂関家や公卿《くぎょう》家のそれらにくらべれば、けっして美々しく飾り立てていたわけではない。たたずまいはいっそ質素なほど。だが、気高い美貌と、あふれ出る気品は、隠しきれるものではなかった。

すぐさま駆け寄りたい衝動をどうにかこらえ、賀茂の社頭に着いてから、供の一人を向かわせたが、卯の花の牛車はすでに立ち去ったあとだった。

「八方手を尽くして探しましたが、卯の花のゆくえはわかりませんでした」

「卯の花?」

「仲間内でそう呼び習わしていたのです。もし心当たりがあれば教えてほしい、と」

——楚々としてうるわしき卯の花の君。

「そうこうしている間に、わたしの随身が一人新しくなりました。彼がわたしに付いて出仕するようになると、瞬く間に評判が広がりました。彼が身につけていた褐衣《かちえ》の褐色《かちいろ》が、たいそう美しかったからです」

「褐色……」

耳慣れない色の名だったのだろう。舌の上で転がすように、東宮の女御が呟《つぶや》かれた。

なにしろあの染色と裁縫好きの母の娘なので、彼女もそれらには造詣が深い。

「ご覧になったことがおありのはずです。随身は常に身につけておりますので。ただ、いつもご覧になっていた褐衣の色は、本来のそれとは違った、薄い色だったかもしれません。本来の褐色は、赤黒くぬめるように濃い藍色を指します。月夜の闇よりなお濃く、さながら暁闇《あかときやみ》の色のような……」

「まあ。そのような色、どうやって染めるのでしょう」

「わたしも、わたしの同僚たちもそれがふしぎでした。しかも、彼の褐衣は縫い目も細かくまっすぐにそろっていて、大変美しかったのです」

「まあ、それで?」

「それで、随身にたずねましたところ、その褐衣を作ったのは、彼の家……左衛門佐《さえもんのすけ》の子息なのですが、その北の方ではなく、彼の産みの母と、彼女が仕える『藤大納言家の中の君』だと言うのです。女御は、『藤大納言家の中の君』の話をご存じで？」

「存じております。……と言っても、天《あま》の織姫もかくやというほど、大変な染めもの、縫いものじょうずであるというくらいですが……」

「そう、その中の君です。わたしは、その中の君とはどのような方かと興味を抱きました。けれども、その一方で、わたしはあの卯の花が、どうしても忘れられなかったのです」

年齢なりに恋をしてはきたものの、彼女ほど印象深い人はいなかった。藤大納言家の中の君に興味を引かれつつも、目蓋《まぶた》に焼きついた面影は消えそうにない。

「そうして思い悩んでいたある日、卯の花の君についての話が耳に入りました。あの祭の日、蔵人少将《くろうどのしょうしょう》が源《みなもとの》少将から牛車を一台借りていたというのです。源少将は蔵人少将と共に祭の舞人をいたしておりましたが、彼が言うには、蔵人少将は、鴨川原に駐めた女車を見て、あれが君から借りた牛車だよ、妹が乗っている、と話したらしいのです。そして、その女車には卯の花が飾られており、卯の花の襲の打出《うちだし》があった、と……。にわかには信じられませんでした。蔵人少将の妹君といえば、かの大納言家の織姫ではありませんか」

そう聞いたときの喜びは、今でも忘れられない。やっとあの卯の花が見つかったとうれしかった。だが一方で、疑問も湧いた。

「でも、お兄様、大納言家の姫君が、わざわざ他家の牛車を借りて見物に行くというのはおかしくありませんか？　その牛車は、藤大納言の桟敷にも入っていなかったのでしょう？」

「そうなのです。わたしもそれをふしぎに思い、どうしてもこの目で確かめたくなりました。居ても立ってもいられなくなり、月のない晩、藤大納言邸に忍び込んだのですが……」

「まあ」

東宮の女御が、ややあきれたお声になった。無理もない。我ながら無謀だった。だが、その頃には「藤大納言家の織姫」の話が世に聞こえるようになってきていて、焦っていたのだ。

「警備の者に見つかって犬をけしかけられ、命からがら逃げ込んだ染殿にお住まいだったおやさしい方が、わたしを匿《かくま》ってくださいました。少々寂しいところでしたが、御簾の向こうはお若い姫君のようで、受け答えもたいそう品良く、ご聡明で、こまごまとお心遣いをいただきました。それでいて、お話しすると、端々に染めものや縫いもの好きなごようすがうかがえて、話していると心がはずんで……。よく見れば、部屋の調度も女房たちの衣服の趣味もよく、慎《つつ》ましくも、ていねいに暮らしていらっしゃることがうかがえて、とても好ましく感じました」

「もしかして、その方が……？」

「今の妻でございます」

「まあ……！」

聞き耳を立てていたのだろう、周囲の女房たちが感嘆のため息をつくのが聞こえてくる。

「なんて素敵」

「運命ですわね」

そうだろう。運命なのだ。

女房たちのさざめきに心の中でうなずきながら続けた。

「彼女がくだんの褐衣を作ったことを聞き出し、うわさに聞く織姫は彼女だと確信しました。母宮がはかなくなられてから、彼女は世に忘れられ、世の人は三の君を中の君と思い込んでいたようでしたが……」

「まあ……そうでしたの」

「さらに祭の日のできごとを和歌《うた》にして詠みかけると、確かにあの日の卯の花だと思える返歌がありました。そこで、ようやく対面を果たしたのです」

「卯の花の君でした？」

「ええ。間違いなく、忘れ得ぬ面影のあの方でした」

あのときの喜びを思い出すと、胸が震え、自然と笑みが浮かんでくる。

御簾の内は再び、うっとりとした羨望《せんぼう》のため息に満ちた。

「卯の花は……わたしの織姫は、母宮亡きあと、藤大納言家の染殿で家族のための染めものや縫いものをして、慎ましく暮らしていたようでした。けれども、その暮らしを嘆くことなく、楽しみを見いだしていらっしゃるけなげさに、わたしは心打たれました。花の宮ゆずりの染め縫いの巧みさは言うに及ばず、すべてにおいて心地よい方なのです。藤大納言や北の方は、わたしを三の姫の婿がねにと望んでくださっていたようでしたが……彼女をあの家に残していて良いことはないと思い、今のようなかたちでの結婚に至った次第でございます」

「それはそれは……」

長い物語を聞き終えたようにため息をつき、しばらく余韻を味わってから、東宮の女御はおっしゃった。

「お兄様の北の方様には、これまでいろいろとご苦労がおありだったのですね。それでも、お兄様と結ばれて、これからはきっと今までの何倍もおしあわせになれるでしょう」

「もちろん、そのための努力は惜しみません」

そうするために、あの方を救い出してきたのだから。

にっこりとうなずいた。

御簾の内は、三度《みたび》、羨望のため息にあふれた。


梨壺の東宮御所を辞し、後宮の渡殿《わたどの》を歩いていると、弘徽殿《こきでん》の前で蔵人少将と行き会った。登花殿女御《とうかでんのにょうご》は、彼の母方の伯母《おば》にあたる。その女御の元をおとずれた帰りのようだった。

蔵人少将は、こちらの顔を見て少し眉根をひそめたが、黙って頭を下げ、道をゆずった。

この彼は、謹子殿を染殿に押し込み、やんわりと虐げていた――という認識だ。わたしの中では――藤大納言家において、唯一彼女に同情を示していた人物だと聞いている。

だが、わたしにとっても味方かといえば、そうとも言いきれないのだった。

そもそもが、我が関白家が属する左大臣派と、藤大納言家が属する右大臣派は、宮中において対立の構図を描いている。蔵人少将とは五歳離れているため、今まで直接出世をあらそったことはない。だが、彼はわたしが「卯の花の君」をさがしていた頃には、おそらく謹子殿のことだと気付いていただろうに、教えてはくれなかった。

そこからどういった心境の変化があったのかはわからない――が、月の宴の夜、謹子殿を迎えに、藤大納言家に乗り込んだわたしを匿ってくれたのは彼だった。彼の協力なくしては、けっしてわたしの嫁取りは成功しなかっただろう。彼の複雑な心境は、彼が謹子殿に向ける視線を見れば、なんとなく想像がついた。彼は愛する異母妹のために、彼女を奪おうとするわたしのことも許したのだ。

「妹君はお元気ですよ」

すれ違いざま、そう言うと、彼ははっと顔を上げた。

「新しい女房たちとも打ち解けて、楽しそうにお暮らしになっている。お会いになりたければ、おっしゃってください。妻の意向をきいてみます」

通り過ぎるわたしの背中を、もの言いたげな視線が追いかけてきた。だが、蔵人少将は何も言わないままだった。

大内裏《だいだいり》から妻と住まう屋敷へ下がってくると、東の対から賑《にぎ》やかな声が聞こえてきた。どうやら染めものをしているらしい。

行ってみると、しのぶという、謹子殿が連れてきた元典侍《ないしのすけ》が中心になって指示を出し、謹子殿は端近にそのようすをご覧になっていた。

「楽しそうだね。何をしているのだい？」

声をかけると、謹子殿が振り向いた。

「おかえりなさいませ。由子様から檳榔子《びんろうじ》をたくさん頂戴しましたので、教えていただいた方法で、黒染めをしてみているのです。じょうずに染められるようになったら、あなたの袍《ほう》を作るお役目をおゆずりくださるのですって」

そう言って、うれしそうに無邪気にほほ笑む。

美貌とたたずまいにあふれる、かしこきお血筋は隠しきれない彼女だが、近寄りがたいわけではなく、こんなふうにしているとことさらにかわいらしい。

「それは楽しみだ」

「早く由子様に認めていただけるように努めます」

けなげな言葉にうなずいて、ふと、気になった。

「それで、今は何を作っているのかな？」

「先日頂戴しました絹を染め、冬用の表着《うわぎ》を作ろうかと……」

「表着を？」

それはまためずらしいことを。

四位以上の束帯を黒とする男性と異なり、女性の装いに黒はほとんど用いられない。織物の唐衣《からぎぬ》などに黒地のものがないわけではないが、どちらかというと黒は喪の色の印象が強い。

だが、謹子殿は「はい」と、うれしそうにうなずいた。

「由子様に教えていただいた檳榔子黒《びんろうじぐろ》があまりにも美しいので、わたくしも着てみたくて……。以前から考えていたのですが、品の良い黒をきりっと効かせて、上に朱赤や金糸の入った唐衣を合わせたら、冬の寒さに映える格調高い装いになると思うのです」

「ほう、なるほど……」

想像し、感心してしまった。雪の朝などに見てみたい装いだと思う。

この方の美意識は、常識には囚《とら》われない。おそらく花の宮から受け継いだその美意識を、わたしはもちろん、母も大変好ましく思っている。

「楽しみだ。どんな襲色目にも似合いそうだね」

「あなたもそう思われますか？　うれしいです。できあがりましたら、是非ご覧くださいませ」

楽しそうに、幸福そうに笑う謹子殿を見ていると、わたしまでもうれしくなる。

「あなたは何をお召しになってもお美しいが、檳榔子黒もきっとお似合いになるだろうね」

そう言って、わたしは彼女を抱き寄せた。

愛《いと》おしい、わたしの織姫を。

●監修――関本真乃様

【参考資料】

八條忠基『有職装束大全』平凡社、2018年
山崎青樹『草木染染料植物図鑑』美術出版社、1985年
山崎青樹『続草木染染料植物図鑑』美術出版社、1987年
山崎青樹『続続草木染染料植物図鑑』美術出版社、1996年
清水好子・吉岡常雄監修『別冊太陽　源氏物語の色』平凡社、1988年
畠山大二郎「『落窪物語』の裁縫―落窪の君の裁断行為を中心として」（『中古文学』93巻、中古文学会、2014年）
畑恵里子「落窪の君の縫製行為」（『日本文学』52巻2号、日本文学協会、2003年）

二見サラ文庫

本作品に関するご意見、ご感想などは
〒101-8405
東京都千代田区神田三崎町2-18-11
二見書房 サラ文庫編集部 まで

本作品は書き下ろしです。

織姫《おりひめ》の結婚《けっこん》 ～染殿草紙《そめどのそうし》～

2021年 8月 10日 初版発行

著者 岡本千紘《おかもとちひろ》

発行所 株式会社 二見書房
東京都千代田区神田三崎町2-18-11
電話 03(3515)2311 [営業]
03(3515)2314 [編集]
振替 00170-4-2639

印刷 株式会社 堀内印刷所
製本 株式会社 村上製本所

落丁・乱丁本はお取り替えいたします。
定価は、カバーに表示してあります。

ISBN978-4-576-21104-6
https://www.futami.co.jp/sala/